集英社文庫

ＺＯＯ１

乙一

ZOO 1 目次

本文デザイン・松田行正

ZOO 1

カザリとヨーコ

1

ママがわたしを殺すとしたらどのような方法で殺すだろうか。たとえばいつものようにかたいもので頭を殴るかもしれない。時々そうするように首をしめるかもしれない。それとも自殺にみせかけてマンションのベランダから落とすだろうか。

きっとそうだ。自殺にみせかけるのが一番うまいやりかたのように思う。クラスメイトや先生はわたしのことを聞かれた時こう答えるにちがいない。

「エンドウヨーコさんはいつもなにか思い悩んでいました。きっと悩みを苦に自殺したのでしょう」

そしてわたしの自殺をだれも疑わないのだ。

最近のママのわたしに対する仕打ちは直接的で、肉体的な苦痛を伴うものが多くなってきた。子供のころはもっと間接的で遠回りな嫌がらせだったはずだ。妹のぶんのケーキはあるのにわたしのぶんはわざと買ってこなかったり、妹には服を買ってあげるのにわたしにはなにも買ってくれなかったり、精神面に響くことばかりママはやっていた。

「ヨーコ、あんたはお姉ちゃんでしょう、がまんしなさい」

それがママのいつもの台詞《せりふ》だった。

わたしとカザリは一卵性の双子だ。カザリは美しくて活発で笑う時にはぱっと花がさくように笑った。学校で彼女はクラスメイトや先生からとても愛されていた。時々わたしに食べ残したごはんをくれるのでわたしも彼女が好きだった。

ママは故意にわたしのぶんの食事を作らなかったのでわたしはたいていいつもおなかをすかせていた。かといって勝手に冷蔵庫を開けるとママが灰皿で殴りかかってくるので怖くてつまみ食いすることもできなかった。腹がへって死にそうだあとあえいでいるわたしに向かってカザリが食べ残しの載ったお皿を差し出すとき、正直、わたしの目には妹が天使に見える。食べかけのグラタンやらよりわけられたにんじんやらを皿に載せた白い羽根を持つ天使である。

わたしに食べ物を与えるカザリを見てもママは怒らなかった。そもそもママがカザリをしかりつけるといったことはなかった。ママはカザリをとても大事にしていたからだ。

礼を言いながら食べ残しを食べつつ、わたしは本当にこの大切な妹をまもるためなら人殺しだってするかもしれないわと思った。


我が家には父親というものがいなかった。気づいた時にはママとカザリとわたしの三人暮らしでわたしが中学二年生になった今でもそんな生活を続けている。

父親のいないことがわたしの人生にいったいどんな影響を与えたのかわからない。もし父親がいたらママはわたしの歯を折ったりタバコの火を押しつけたりしなかったかもしれないしそうでないかもしれない。わたしの性格はカザリのように明るくなっていた可能性もある。朝、ママが笑顔でトーストや目玉焼きの皿を運んでくるのを見る時そんなことを思う。それらの皿はカザリの前に置かれるわけでわたしの食べるぶんはいつもない。だからそんな光景は見ない方がいいと思うのだけれどわたしは台所で寝起きしているので見ないわけにはいかないのだ。

ママとカザリは自分の部屋を持っている。わたしにはないので自分の持ち物は掃除機なんかといっしょに物置へ押し込めている。幸いにもわたしには所有物がほとんどなかったので生きるのに大きなスペースはいらなかった。学校の教科書や制服の他にわたしはほとんどなにも持っていない。服はカザリのおさがりをほんの数着だけだ。たまに本や雑誌を読んでいるとママに取り上げられることがあった。わたしにあるのはひしゃげたぺちゃんこの座布団だけである。それを台所にあるゴミ箱の横に置きその上でわたしは勉強をしたり空想をしたり鼻歌を歌ったりする。注意しなければいけないのは、ママやカザリの方をじろじろ見てはいけないということだ。もしも目が合ったりしたらママが包丁を投げつけてくる。座布団はまたわたしの大事な布団でもあった。この上で体を猫のように丸めて眠ると、なんと体が痛くないのである。

毎日、朝食を食べずに家を出る。家にいると『なんでこんな子がうちにいるの？』という嫌そうな目でママがにらむので早く家を出るにかぎる。家を出るのが数秒でも遅れると痣《あざ》をつくる可能性がある。わたしがなにもしなくてもママはなにかとなんくせをつけてわたしを折檻《せっかん》したがるのだ。

登校中、歩いているわたしの横をカザリが通り過ぎるとき、わたしは彼女に見とれる。カザリはいつも髪をふわふわさせながら楽しそうに歩く。カザリとわたしはママのいる前ではほとんど会話をしない。だからといってママのいないところではなかの良い姉妹らしくしゃべるのかといったらそうでもない。学校でカザリは人気者でいつもたくさんの友達と楽しそうに話をしていた。わたしはそんなカザリがとてもうらやましかったのだけれどその輪の中に入れてもらう勇気はなかった。

わたしといったらテレビの連続ドラマや歌手のことなんてまったく知らないのだ。テレビを見ていたらママに怒られるので、テレビのある生活というのはわたしにとって未知のものだった。

だからみんなの話題についていける自信はなかった。結局わたしには友達なんてまったくいなかったし休み時間になると机につっぷして寝たふりをした。

カザリの存在はわたしにとって心の支えだった。カザリはみんなから愛されていてわたしはそんなカザリと血を分けた家族なんだという誇らしい気持ちがあった。

わたしの顔はカザリに似ていた。一卵性双生児でまったく同じ顔なのだから当然といえば当然なのだが、けれどわたしとカザリを見まちがう人間はいなかった。カザリはは つらつとして明るかったけれどわたしは暗くじめじめしていた。制服にしてもわたしのは汚れてしみがついていたしなによりもまず臭《にお》うのだ。

ある日、学校へ行く途中、電信柱に迷い犬のチラシがはってあるのを見た。メスのテリアで名前はアソというらしい。かんたんなイラストの下に達筆な文字で『見掛けた方は次の連絡先までお願いします・スズキ』と書いてあった。

わたしはそれをちらりと眺めただけでその時は特に気にかけなかった。実際それどころではなく前日に青痣を作った腕が痛くてたまらなかった。学校でも授業を受けているあいだ中、痛くて集中できなかった。だから保健室へ行くことにした。保健室の女の先生はひどい痣のできたわたしの腕を見ておどろいた。

「まあ、いったいどうしたの?」

「階段でころびました」

しかしそれは嘘で本当は夜中おそく帰ってきたママがお風呂に入った時、浴槽の中で長い髪の毛を見つけて怒ってわたしをぶったというのが怪我の原因だった。わたしはぶたれた拍子に転んでテーブルの角で腕を打ちまったく自分はドジだなと自分を心の中で罵《ののし》った。

「ママはあんたの抜け落ちた髪の毛がお風呂で体にはりついて気持ち悪い思いをしたわ。あんたはママが嫌いなの？　ママがこんなにつかれて帰ってきたというのにあんたはなぜこんな仕打ちをするの？」

以前にもこういうことがあったのでわたしは絶対ママより先にお風呂へ入らないよう気をつけていた。だからママの言った長い髪の毛というのはわたしのではなくカザリのものだった。しかしわたしの髪の毛はカザリと同じ長さだったしいらついて家へ戻ってきたママにはなにを言っても通じなかったのでだまっていた。

「骨は折れてないようだけど痛みがひかなかったら病院へ行った方がいいわね。でもエンドウさん、本当にあなた階段でころんだの？　以前にも同じように階段でころんでここへ来たことがあったでしょう？」

保健室の先生が包帯をまきながら質問した。わたしはなにも言わずに頭を下げると保健室を出た。そろそろ階段でころんだという理由で通すのは難しそうだと思った。

ママの折檻のことをわたしはひたすら隠しつづけてきた。秘密にするよう言われていたし、だれかに言った場合、まちがいなくわたしはママに殺されてしまうからだ。

「いいかい、ママがあんたをぶつのは、あんたがどうしようもなく悪い子だからよ。でも、このことはだれにもないしょだからね。わかった？　わかったのなら、このミキサーのスイッチは押さないであげるわ」

当時、小学生だったわたしは涙をながしながらうなずいた。ママはスイッチから指を遠ざけて押さえつけていたわたしの腕をはなした。わたしはいそいでミキサーから手を引き抜いた。

「もうちょっとであんたの手がジュースになるところだったわね」

ママは口のはしに食べ掛けのチョコレートアイスをつけて吐き気のするくらい甘い息をわたしに吹きかけながら笑った。

ママは人づき合いの苦手な人だ。わたしには鬼のように振る舞うけど家の外では口数がずっと減った。二人の子供を養うために仕事をしているのだけれど自分の主張をなかなか他人に言えない。だからわたしとママは根本的には似ているのかもしれない。そして同じように二人とも活発で明るいカザリに強いあこがれを抱くのだと思う。ママは仕事場で人間関係がうまくいかない時いらいらしながら家へ帰ってくる。そしてわたしを見つけるとけったりぶったりする。

「あんたはわたしが産んだんだ、生かすも殺すもわたしの自由なんだ！」

わたしの子じゃない、と言われるよりきっとましだ。髪の毛をママにつかまれながらいつもそう思った。

2

掃除の時間、クラスメイトに話しかけられた。クラスメイトと会話をするのは実に三日と六時間ぶりだった。ちなみに三日前にかわした会話は、「エンドウさん、消しゴムかして」「……あ、ごめん、持ってないの」「ちっ」というたったそれだけだった。しかし今日の会話はもっと長かった。

「エンドウヨーコさん、あなたって一組のエンドウカザリさんの偽者《にせもの》の方よね？

どうしても姉妹には見えないわよ」

ほうきを持ったそのクラスメイトの女子はそう話しかけてきた。まわりにいた他の女の子が一斉に笑った。彼女の言ったことには自覚があったので不思議と怒りを感じなかったがまわりの子が笑ったことについては嫌な感じがした。

「だめよ、エンドウさんが傷つくじゃない」

「ごめんなさい悪気はないのよ」

「うん、わかってる……」

わたしはそう言ったがひさびさに声を出したため声が裏返ってしまった。ほうきで床を掃きながらはやくみんなどこかへ行ってくれないかなあと思っていた。みんな教室の掃除当番だったが掃除するのはいつもわたしだけだった。

「ねえエンドウさん、あなた今日、保健室へ行ったでしょう。またあざを作ったの？　あなた体中あざだらけなんでしょう？　私、知っているのよ。体育の水泳で水着に着替える時に見たもの。でもみんな信じてくれないの。だからここで服ぬいで見せて」

わたしがだまって困っていると教室の扉が開いて担任の先生が入ってきた。わたしに話しかけていたクラスメイトはさっと散らばって掃除するふりをはじめた。助かったと思いわたしは安堵《あんど》した。

学校の帰り道、公園のベンチに座ってクラスメイトたちの笑い声を思い出していた。人のことを勝手に傷つくだとか言うなっ、と後から考えるとなんとはなしにむかついた。わたしはみんなに馬鹿にされているんだとあらためて感じた。どうしたらカザリのようにみんなと話ができるのだろう。わたしもみんなと同じように掃除をさぼって丸めたプリントとほうきでアイスホッケーの真似事をしたかった。

気付くとそばに犬がいた。首輪がしてあったので、公園のどこかに飼い主がいてしっかり犬のことを見ているのだろうと最初のうちは思っていた。

さてはそうでないなと感じたのは五分ほどたってからだった。その犬がわたしのクツのにおいをくんくんかぎはじめたのでためしに一回背中をなでてみた。犬は怖がらず人になれているようだった。メスのテリアであることに気づき、ひょっとするとこの犬の名前はアソかもしれないと今朝のチラシを思い出した。

犬を抱いてチラシにあったスズキさんの住所へ行ってみるとそこは小さな一戸建てだった。七時をまわっていて外は夕焼けで赤かった。チャイムをならすと背の低い白髪のおばあちゃんが出てきた。

「まあ、アソちゃん！　アソちゃんにまちがいないわ！」

おばあちゃんは目を開いて驚くとうれしそうに犬をだきしめた。このおばあちゃんがチラシを書いたスズキさんにまちがいないと思った。

「ありがとう、あなた。この子のこと心配していたの。ちょっとまあ、うちにあがってちょうだい」

はあ、とうなずいて家へ上がらせてもらった。実を言うと汚いことにわたしは見返りを期待していた。お金でもお菓子でもなんでもいい。いつもおなかをすかせていたのでくれるものならなんでも欲しかった。

居間に通されて座布団に座った。

「そう、あなたヨーコさんというのね。わたしはスズキよ。チラシをはってからたった一日でこの子に会えるなんて嘘みたいだわ」

スズキのおばあちゃんはアソにほおずりをしながら居間から出て行った。彼女は一人でこの家に暮らしているらしかった。

スズキさんはコーヒーとお茶菓子ののった盆をもって現れた。アソがその後ろからついてきた。盆をちゃぶ台においておばあちゃんは向かい合うように座った。彼女はわたしがどこでアソに出会ったかをくわしく知りたがった。とくにおもしろいドラマがあったわけでもないのにわたしが話している間中にこにこして彼女は聞いていた。

わたしはコーヒーにスティックの砂糖とカップのミルクをどばどば入れて一瞬で飲み干した。お茶菓子も二口で消滅した。どちらもうまかった。わたしの生活には甘い食べ物というのがほとんどなく時々中学校の給食で出るデザートくらいしかなかった。家ではカザリの食べ残し以外ほとんどなにも口に入らないので当然だった。はたして給食のない高校へ行くようになった時わたしは生きていけるのだろうかというせこい問題はつねにわたしの頭を支配していた。

スズキさんはやさしそうな顔でコーヒーのおかわりをついでくれた。今度はそれを味わってのんでいるとスズキさんが言った。

「本当は夕食も食べていってほしいのだけれど……」

それはなんとしてでも食べたいですなっ、と一瞬思った。しかし初対面の人にいくらなんでもあつかましいと理性が小さくつぶやいた。

「実をいうと今日はぜんぜん夕食の用意していなかったの。この子が心配で手につかなくて」

スズキさんがアソをだきしめた。アソは幸せものだなあとうらやましく思った。

「そうだわ、あなたになにかお礼を差し上げなくちゃいけないわね。なにがいいかしら、差し上げられるものをさがしてくるから、ちょっと待っててね」

スズキさんが立ち上がりアソを残して居間を出た。なにをくれるんだろうとわたしはめずらしくわくわくした。わたしがびくびくすることは数あれど、わくわくすることなんてめったにないことなのである。お菓子かなにかだったら食べながら帰ろう。持って帰ったらきっと取り上げられる。

アソがわたしのにおいをかいでいた。昨夜は結局お風呂に入っていないので臭かろう。わたしは部屋の中を見回した。テレビがあった。ビデオはない。おばあちゃんだからきっと使えないのだろう。ビデオは操作が難しいらしいと、風の噂《うわさ》に聞いていた。ちなみにわたしはテレビもビデオもあつかったことがない。

居間には大きな本棚があり壁のひとつの面はそれでふさがれていた。中にびっしりと並んでいる本の背表紙を眺めていると、困った顔をしたスズキさんが戻ってきた。

「ごめんなさい、わたしの一番大切な宝物をあげようと思ったのだけど、どこに置いたか忘れてしまったの。さがしておくから、またあした来ていただけないかしら。今度は食事を用意しておくわ」

　また来ることを強く確信を持って約束してからその日は帰ることにした。外は真っ暗だった。スズキさんは玄関まで出てきてくれて、人に見送られるというのはこういうことかと新鮮だった。わたしは今まで一度として人に見送ってもらったことがなかったからだ。


　次の日、学校の帰りにスズキさんの家へよってみた。チャイムをならす前からなにやらいいにおいがした。スズキさんはわたしが来たことを喜んでくれてわたしは来てよかったと思った。昨日のように居間に通されて同じ座布団に座った。アソもわたしを覚えていた。まるで昨日の続きのようだった。

「ヨーコさんごめんなさい。実はあげるつもりだったわたしの宝物がまだみつからないの。探したんだけどねえ、本当にどこへしまったのかしら。でも、よかったら食事だけでもいっしょにどう？　あなたハンバーグ好き？」

いやもう半端じゃなく好きです。ハンバーグのためなら腎臓を一個売ってもいいくらいです。そう返事をすると彼女は優しげなしわを顔一面に作って笑った。

わたしは食事をしながらなぜハンバーグなのかを検証した。スズキさんはハンバーグが好きなのでしょうか、いや、きっとわたしを喜ばそうとハンバーグを作ったのでしょう。子供を喜ばせるためにハンバーグを作るという心理は理解できた。

「ヨーコさん、あなたのことを聞きたいわ」

食べながらスズキさんが言った。困った、わたしはいったいなにを言えばいいのだろう。

「たとえば、ヨーコさんの家族はどうなの？」

「母と双子の妹がいます」

「まあ、双子の？」

スズキさんは双子の妹について聞きたそうな顔をしたが真実はあまりに暗く陰惨で目も当てられないので嘘をついた。

父親はいないけど三人で楽しく暮らしているということ。母はとてもやさしくてわたしと妹の誕生日には同じ色の素敵な服を一着ずつ買ってくれて、その服は派手すぎないわりと地味めな大人っぽいものであるということ。休みの日に三人で動物園へ行き、ペンギンを間近で見たこと。わたしと妹はずっと相部屋だったからそろそろ一人部屋が欲しくてたまらないこと。子供の頃わたしと妹が怖いテレビを見て眠れなくなると母が手を握ってくれたこと。わたしはおよそありえないことばかり喋《しゃべ》った。

「素敵なお母様ね……」

スズキさんは感動したようにつぶやいた。その言葉を聞きながら嘘が本当だったらいいのにと思った。

学校であった出来事をたずねられたので友達と海へ行ったと嘘をついた。にこにこ話を聞いてくれるスズキさんを見ていると、こりゃ絶対に本当のことを覚《さと》られたらいけないなと思った。しかし脳味噌の嘘を考える部分がつかれて悲鳴をあげはじめたのでわたしはなんとかして話題を変えなくてはいけなかった。

「ああー、そういえば本がたくさんありますねー」

わたしは咀嚼《そしゃく》したハンバーグを飲み込みながら壁の本棚を見た。スズキさんはうれしそうな顔をした。

「本が好きなの。ここに置いてあるのはほんの一部、まだ他の部屋に積んであるの。マンガも読むのよ、ヨーコさんはどんなマンガが好き？」

「実は、その……、よくわからないです……」

「あらそう」

スズキさんが残念そうな表情をしたのでなんとかしなければと思った。なぜだかこのおばあちゃんに嫌われたくなかった。

「その……、おもしろい本があったら教えてくださいますか」

「ええ、なんなら借りていってちょうだい。そうだわ、そうしましょう。また今度、返しにきていただければいいわ」

スズキさんはおもしろいと思われるたくさんの小説やマンガをわたしの前に積み上げた。わたしはその中からたった一冊だけマンガを選んでスズキ家を後にした。一冊だけしか選ばなかったのはすぐに読み終えたかったからだ。そうすればまた明日にでもスズキさんの家へ返却しにこられるだろう。そうすることで再び何かこうおいしいものとか食べられるかもしれないという意地汚い乙女の思惑もあったし、それにスズキさんとアソに会える。このおばあちゃんともっと話をしていたかった。スズキ家の座布団に座ってスズキさんやアソといっしょにいるとおしりに根が生えたように立ち上がるのが億劫《おっくう》になるのだ。

その後もいろいろなつらいことがあったけれどわたしはスズキ家にかよった。たいてい帰る時に本を借りたのでまたそれを戻しにこないといけなかった。それにいつまでたってもスズキさんはわたしにくれるという宝物をみつけることができなかった。

本を返しに行くというのはスズキ家にかよう口実だったけれどそういうものを作っておかないとわたしは赤の他人のスズキさんに会ってはいけないような気がした。スズキさんはわたしにとって生まれてはじめてのほっとできる人だった。なにも用がないのにそばへ行って嫌われたくなかった。

わたしが行くとスズキさんはいつも夕食を作って待っていた。わたしは毎日マンガや小説を読んで感想をスズキさんに話した。わたしとスズキさんとアソはどんどん仲良くなった。学校が早く終わった時アソの散歩をした。切れた電球を付け替えたりじゃがいもの皮むきをてつだったりもした。

「今度の休みの日いっしょに映画を見に行きましょうか」

スズキさんが提案した時わたしは飛び上がって喜んだ。

「でも、ヨーコさんのお母さんに悪いかしら。こんなにあなたをひとりじめしちゃって。そうそう、今度カザリちゃんもいっしょにつれておいで」

うん……。うなずいたけれどどうすればいいかわからなかった。スズキさんはわたしの嘘をまるっきり信じていた。

映画を見終わった後わたしとスズキさんは回転寿司に入った。わたしは遠慮したのだけれどスズキさんがどうしても行こうと言った。わたしはほとんど寿司なんて食べたことがなかったので魚の名前をまったく知らなかった。回転寿司のルールは一応知っていたし安いものを選ぼうと思っているのだけど、どの寿司が安いのかわからなかった。どんどん寿司が流れていく中でスズキさんが家族の話をした。

「わたしにはね、ちょうどヨーコさんくらいの孫がいるの」

スズキさんはさびしそうな顔をしていた。

「ヨーコさんの一つ下かしら。娘の子なの。わりと近くに住んでいるのにもう三年も会ってないわ」

「家族といっしょに住めないの？」

スズキさんは答えなかった。きっとなにか事情があるのだろうと思った。

「手紙を出したらどうかしら。『会ってごちそうしたい、何でも好きなものを食べていいわよ』って書けばきっと会いにきてくれるわよ」

それからわたしは真剣に、自分が『好きなものを食べていいわよ』などと言われたら何と答えるべきか考え込んだ。一生に一度あるかないかという質問なので今のうちから検討しておくべき問題だなと思った。わたしが考えている間も目の前を寿司が流れていった。

「あなたはやさしい子ね」呟《つぶや》くようにスズキさんが言った。「……実は言わなくちゃいけないことがあるの。アソを連れてきてくれたお礼としてあなたに差し上げることになっていた宝物のこと。本当はそんな宝物なんて最初からなかったの。嘘だったのよ。あなたにまた会いたくて口実を作っただけ。ごめんなさい。そのかわりこれを受け取って」

スズキさんはわたしにカギを握らせた。

「わたしの家のカギよ。もう口実なんていらないから、いつでもうちにおいで。わたしはあなたが大好きなんだから」

わたしは何回もうなずいた。とても素敵なアイデアに思えた。これまで生まれたことを後悔して何度か高いビルの屋上に上がって金網をよじ登り、吹きすさぶ風で鼻水を垂らしながら飛び降りるかどうか迷ったけれどこんな日がわたしにおとずれるなんてと思った。

以来つらいことがあったときスズキさんにもらったカギをにぎりしめてふんばった。まるでカギはアルカリの単三電池のようにわたしへエネルギーを供給し、わたしは「よしきたー！」という気持ちになった。カギはいつもしおりのかわりに本の間にはさんで隠していた。

3

スズキさんからカギをもらって二週間後の金曜日、学校でのことだった。休み時間になるとカザリがわたしの教室にやってきた。数学の教科書を忘れてしまったので貸してほしいとカザリはたのんだ。

「おねがい、このお礼はきっとするから」

カザリと会話をするのはたいへんひさしぶりだったのでわたしはうれしかった。わたしのクラスでも午後から数学の授業があったのだがそれまでに返してくれるという約束で教科書を貸した。

しかし昼休みになってカザリのクラスへ行ってもカザリはいなくて、わたしは教科書のないまま数学の授業を受けることになった。

数学の先生はやさしそうな男の人だった。わたしはその先生とほとんど話をしたことがなかったけれど、時々廊下でカザリと親しそうに笑いながら会話しているところを見かけた。だから教科書がなくても理由を話せばきっとゆるしてくれると思った。

「どうして教科書を持ってこなかったんだね」

授業がはじまると先生はそう言ってわたしをその場に立たせた。

「その……、妹に貸しました……」

「まったく！　そうやって人のせいにする。本当に信じられないな。きみは一組のカザリさんとは本当に双子なんだろうか。きみはね、もうちょっと身だしなみに気をつけたらどうなんだい？」

先生がそう言うと教室のあちこちからくすくすと笑い声があがった。顔が熱を持ちわたしは逃げ出したくなった。自分の髪がぼさぼさで服が汚れていることは知っていた。だけど台所で寝起きするわたしに改善する余裕はなかった。

放課後に教室を出たわたしをカザリが呼び止めた。

「教科書を返すのが遅れてごめんなさい、お姉ちゃん。わたし、おわびをしたいの。これから友達とマクドナルドへ行くんだけど、お姉ちゃんもいっしょに行こうよ。ハンバーガー、食べさせてあげる」

カザリは魅力的に笑った。そうやって誘われたのははじめてだったのでわたしはうれしくなってすぐにＯＫした。仲間に入れてもらえるなんてこれは夢じゃないかと思い右足で左足を踏むとしっかり痛みを感じた。

カザリと二人の友達そしてわたしの合計四人でマクドナルドへ行った。みんなのぶんをカザリがまとめて注文した。カザリの友達とは初対面でわたしとはほとんどしゃべらなかったけどカザリとはよく話をして笑っていた。

「ねえ本当にあなたはお金をもっていないのね。信じられないわ、どうしてカザリさんはおこづかいをもらっているのに、あなたはもらえないの？」

レジの前でカザリの友達のうち片方がわたしに質問した。わたしのかわりにカザリが答えた。

「ママがそういうしつけかたをしてきたの。お姉ちゃんにお金を持たせるとすぐにつかっちゃうんだって」

できあがったハンバーガーを受け取ると二階に移動してテーブルについた。ジュースもポテトもハンバーガーも三人分しかなかった。カザリたち三人は食事をはじめわたしはその様子をじっと見ていた。「わたしの分は？」と聞くことはためらわれた。自分からママやカザリに話しかけることはめっそうもないことだったのだ。

「はい、これもういらない」

カザリの友達の片方が食べかけのハンバーガーをわたしの前に差し出した。

「ねえヨーコさん、本当にあなた、人の食べ残しを食べるの？」

友達の疑問にカザリが楽しそうに答えた。

「本当よ。お姉ちゃん、いつもわたしの食べ残しをがつがつ食べるもの」そう言うとカザリはわたしに向き直った。「ね、いつも食べてるよね。この子たちわたしの言うことを信じないのよ。だから目の前で食べて見せた方が早いと思うの。お姉ちゃん、これも食べていいよ」

カザリが食べかけのハンバーガーをわたしの前に差し出した。カザリの友達が好奇心の入り交じった目でわたしを見つめた。わたしは豚のようにがつがつと差し出されたものを食べた。するとみんな一斉にわっと手を叩いた。

店を出てカザリたち三人はわたしに手を振ってバイバイと言いながら駅ビルの方へ消えていった。一人で残されてから猛烈にわたしは息苦しくなり「神様！」と心の中で呟いた。

スズキさんの家へたどり着いたときわたしの頭はパニックだった。どうしてカザリは友達をあつめてあんなことをしたのだろうと考えた。しかしカザリはいつもどおりのことをしただけなのだ。いつも家でやっていることをただ外で繰り返しただけなのだ。そう考えて納得しようとしたが呼吸困難は衰えをみせず、ちとがつがつ食べ過ぎたかなと思った。

スズキさんは咳《せき》をしながらコーヒーをいれてくれた。

「今日、風邪ぎみなの」彼女はそう言って咳を繰り返した。「あら、ヨーコさん、どうしたの？　あなたもひどい顔色してるわね。何か嫌なことでもあったの？」

「いえ、ちょっと食べすぎで……」

「食べすぎ？　本当に？」

彼女はそう言うとわたしの目を覗き込んだ。老人の瞳《ひとみ》はなぜこんなに澄んでいるのだろう、とわたしは不思議に思いながら心臓のあたりを手で押さえた。

「この辺りが、息苦しいんです……」

わたしはそう言ったきり言葉が継げなくなった。カザリやその友達のことが頭の中で蘇《よみがえ》っていた。スズキさんはだまってわたしの頭を撫《な》でた。

「きっと何か嫌なことがあったのね」

彼女はそう言うとわたしを寝室に連れて行き、化粧台の前に座らせた。

「さあ、笑ってみせて。あなた本当はとっても美人なんだから」

彼女がわたしの頬《ほお》をつまみ左右に引っ張った。無理やり笑顔をつくろうとする手つきだった。

「ああ、やめてください。やめてください。鏡の中にピエロみたいなのが見えます。

でも、少し息苦しいのは治りました。だから頰を引っ張るのはやめてください」

「治った？　それなら良かったわ」

彼女はそう言うと咳をした。ごほんという咳ではなく、もっといやな感じのかすれる咳だったので、わたしは心配になった。

「大丈夫ですか？」

「大丈夫よ。そうだ、今度いっしょに旅行にでも行こうね。ヨーコさん、あなたは今やわたしの一番たいせつな家族なんだから」

「旅行に出たままもう戻ってこなくてもいい？」

「ええ、そのまま世界を旅しましょう。あなたをわたしの孫ということにして」

あなたはもしかしてわたしの都合のいい妄想かなにかですか、と思った。なぜならそれは素敵なアイデアだったからだ。スズキさんが本当にわたしのおばあちゃんだったらいいのになあとずっと思っていた。

スズキさんが人差し指をたてて鏡を指した。鏡を覗き込むと笑顔になったわたしの顔があった。わたしはカザリに似ていた。

スズキ家からの帰り道でわたしはカザリのように歩いてみた。顔をあげ幸福そうな顔をしてずんずん進んだ。するといつもわたしは背中を丸めて歩いていたのだと気づいた。

スズキさんの家であったことを思い出しながらわたしは台所のゴミ箱の横で勉強をしていた。ママがノートパソコンを持って帰ってきた。

ノートパソコンはママの仕事道具でいつも大切にしていた。以前、台所のテーブルに置かれていたそれをわたしが何かの拍子に触《さわ》ってしまったときがあった。

「汚い手で触るんじゃない」

ママはそう言ってわたしの頭をグラタン皿で殴った。ノートパソコンはわたしよりも地位が高いのだと学んだ。

帰ってきたママはつかれた顔をしていたがわたしを見て一瞬『いやなものを見た』という表情をした。しかしカザリが居間の方からママを呼ぶとママの顔はなごんだ。カザリはわたしよりも先に家へ帰っており居間でテレビを見ていたのだが、わたしは居間に入ることを禁じられていたので会話はしなかった。もしもママの許可なく居間でテレビを見たりしていたら裸で町を歩かされるはずだった。

ママが居間に入るとわたしは胸を撫で下ろして今日は痣をつくることなく一日を終えることができるのかなもしかして、と嬉しくなった。カザリとママの話し声が居間の方から聞こえてきたので、わたしは数学の問題を解きながらなんとなくそれに耳を傾けた。

「ねえママ、最近のお姉ちゃん、家へ帰ってくるのが遅いと思わない？」カザリの言葉が聞こえ、わたしは鉛筆を置いた。「友達ができたみたいね。お姉ちゃん物置の中にマンガや小説をたくさんかくしてるの。そういうものを買うお金、いったいどこにあるのかしら」

体温が冷えていくのを感じた。ママが居間から出てきてわたしの前を通り過ぎ台所の物置を荒々しくあけた。わたしなど存在しないというように振り返りもしなかった。物置に入っていたわたしの教科書なんかを取り出してぶちまけると母は奥の方からスズキさんに借りたままの三冊の小説を発見した。

「あんたこの本どうしたの？」

低い声でママが聞いた。わたしは怯《おび》えながらなんとか声を出した。質問に答えなければ無条件でぶたれる決まりだった。

「借りたの……」

ママは本を床にたたきつけた。

「あんたにそんな友達はいないでしょう？　まったく呆《あき》れた子！　店から盗んできたのね！　ママは毎日あんたのために働いているというのにいったいどうしてこんなに困らせるの！」

ママはわたしをいすに座らせ静かに言った。

「あんたは昔からそうだったわね。ママやカザリを困らせてばかりいて本当にろくでなしだったわ」

居間の入り口にカザリが立ってわたしを見ていた。彼女は憐憫《れんびん》の混じった顔でママに言った。

「ママ、お姉ちゃんを許してあげて。たぶん出来心だったのよ」

「カザリはやさしい子ね」ママはカザリを見て笑みを浮かべた後、わたしに向き直った。「それに比べてこの子といったら、本当に体の中は腐っているとしか思えないわね。カザリ、あっちへ行ってなさい」

カザリは口だけを動かしてわたしに「がんばってね」と言って親指をたてると部

屋の奥へ引っ込み戸をしめた。居間の方からテレビの音が漏れてきた。

ママはわたしの後ろに立ち、いすに腰掛けているわたしの肩に両手を置いた。動くとぶたれるからじっとしていた。

「ママがあんたを困らせたことが一度としてあったかしら？　そりゃああんたをたたいたことくらいはあったけれどそれは全部あんたのためなのよ」

ママが後ろからわたしの首すじをさわりさわりとなでてからキュッと首をしめた。

「や……めて……！」

わたしはもがきながら呻《うめ》いた。

「あんたのそういう声を聞くとむしゃくしゃするの。あんたを今まで育ててきたのはママなんだからもっと尊敬したらどうなの」

ママが手に力をこめるのを感じた。わたしは声を出せなくなった。呼吸もできず、おねがいよママゆるしてなんでもするからと懇願することもできなかった。

一瞬だけ気絶したらしく、気づくとわたしは床に倒れていてよだれをたらしていた。仁王立ちのママが上から見下ろして言った。

「あんたはもう死んだほうがいいよ。近いうちにママが殺してやるから。本当にどうして双子の姉妹でこんなに差が出てしまったのかしら。あんたのしゃべりかたから歩き方まで全部鼻につくのよね」

　三冊の小説を没収してママは自分の部屋に消えた。酸素の乗った血液を首から上へ送り込むため心臓がフル回転していた。わたしは床に倒れたままの格好でこの家を逃げ出そうと決心した。このままこの家にいるのは危ない。ちょっとしたきっかけでママが破裂するように怒ったらわたしは確実に殺されるという確信があった。スズキさんに会いたい。スズキさんとアソとわたしの三人でどこか遠くに行こう。

　床に倒れたままそう考えていると重要なことを思い出した。スズキさんにもらった大切な家のカギは、ママの持って行った本の中にはさんで隠していた。

4

　次の日は土曜日で学校は休みだった。ママは用事があり六時ごろまで帰らないと言って家を出た。カザリは友達と遊ぶために昼からいなくなった。わたしは家で一人になるのを見計らってママの部屋に入った。

ママの部屋に入るのはほとんどはじめてのことだった。普通だったら絶対に入らない。もしもわたしが部屋に入っているところをママに見られたらひどくぶたれることだろう。最悪の場合は死だ。しかし危ないことをしてでもスズキさんにもらった家のカギだけはなんとしても取り返したかった。カギはスズキさんとわたしの大切なつながりだ。本の方はなくなってもきっとスズキさんはゆるしてくれるだろう。でもカギはだめだ。なくしたらわたしがゆるさない。

ママの部屋は几帳面《きちようめん》に整頓されてちり一つ落ちていなかった。机には花のささった花瓶があって横にノートパソコンが置いてあった。大きめのベッドがあり、そこでママが寝起きしているのかと思うと不思議な気持ちになった。ベッド脇《わき》にCDラジカセがあり、棚にCDケースが並んでいた。わたしには音楽を聴くという習慣がないけれどママとカザリはよくわたしの知らない音楽のことについて話をしていた。部屋のすみにスズキさんの本が無造作に置かれていた。カギだけを抜き取り強く握り締めた。

あとは一目散に部屋を出るだけだった。本はそのまま残していくことにした。本を持ち去ると部屋に入ったことがばれるかもしれないと思ったからだ。

ドアノブをにぎった時、玄関の開く音がした。わたしは動きを止めて音を立てないようにした。だれかが帰ってきたらしかった。部屋を出ると見つかってしまう。耳をすますと玄関をあけた人物がこちらに近づいてくる音が聞こえた。

まわりを見て隠れる場所を探した。ベッドが部屋の壁際にあり、ベッドと壁との間に人間一人が横たわって隠れられるほどのすき間があった。わたしは決心すると素早くそこに体をねじ込ませた。まるで寝相が悪くてベッドから落ちてしまったかのような格好だった。しかしわたしがはまり込むのを想定して配置されたかのように幅はぴったりだった。

ドアの開く音を聞きわたしは身を硬くした。心臓の音が激しくなっていっそのこと止まって静かになってくれと願った。ドアを開けた人物の足音が室内を移動した。ベッドにはさまって顔を伏せていると、ベッド下を通して部屋の反対側に置かれている姿見が見えた。その姿見にカザリの顔が映りこんだ。部屋に入ってきたのはカザリだったのだとわかった。わたしは姿見のカザリを見つめた。ママの部屋になんの用があるのかわからないが早く出て行ってくれないだろうかと思った。

カザリはまっすぐに棚の前へ移動して中に納まっているＣＤケースを眺め始めた。

鼻歌を歌いながら彼女は棚からＣＤ数枚を抜き取った。どうやらそれらを借りるために部屋へ来たらしいとわかった。彼女は抜き取ったＣＤケースをそばの机へ無造作に置き再び棚を眺めた。そしてまた数枚を抜き取って無造作に机へ置いた。

そのとき花瓶に当たってしまった彼女の手がベッド下から見える姿見に映りこんだ。わたしはその瞬間、「ああ！」と叫んだ。花瓶が倒れて中の水がママのノートパソコンにすべてぶちまけられてしまったからだ。しかしわたしの声に彼女が気づいた様子はなかった。なぜなら同じタイミングで彼女もまた「ああ！」と叫んでいたからだ。彼女はすぐに花瓶を元に戻したが遅かった。びしょぬれになったパソコンを見下ろして真っ青になった彼女を姿見の中に見た。

彼女は困ったように室内を見回していたがやがて笑みを浮かべた。彼女が移動して姿見に映らない場所へ引っ込んだ。しかしベッド下のすき間から靴下に覆《おお》われた彼女の足首が見えた。彼女の足は室内を移動して部屋の隅に行き、置かれていた三冊の本の手前で止まった。スズキさんから借りて取りあげられたわたしの本だった。カザリの手がそれらをつかみあげた。

その後カザリは机に置いたＣＤを棚に戻した。借りていくことを諦《あきら》めたようだった。そのかわりに彼女はスズキさんの本を持って部屋を出た。しばらく自室に行ったり居間を横切ったりする彼女の足音が聞こえていた。しかしやがて彼女は自室に落ち着いたらしく足音が聞こえなくなった。

カザリがなんのために本を持って行ったのかわたしはすぐに気づいた。ママが戻ってきて水浸しのパソコンを見たらいったいだれがやったのか疑問に思うだろう。カザリとわたし、どちらがやったのか……。しかしわたしから取り上げた本がなくなっていれば、わたしが本を取り返すために部屋へ入り花瓶を倒したのだとママは考えるはずだった。

ママは今までになく怒るだろうとわたしは想像した。こんなにひどい事件ははじめてだった。わたしは死をもってつぐなうことを要求されるに間違いなかった。わたしは昨日のママの顔を思い出した。仁王立ちでわたしを見下ろすゴムのマスクのような顔だ。

わたしは慎重にベッドと壁の隙間から出ると足音をたててカザリに気づかれないよう部屋を出た。玄関から外に出るとわたしはスズキさんの家に走った。わたしに唯一残された生きる方法はスズキさんにかくまってもらうことだけだった。しかしスズキ家のチャイムをならした時、中から出てきたのはうすく化粧をした女の子だった。

女の子はわたしを頭のてっぺんからつま先まで眺めて言った。

「あなただあれ？」

わたしはこの子がスズキさんの孫であることを直感的に覚った。

「そのう……、スズキさんは……？」

「わたしもスズキだけど？　でもきっとあなたが言ってるのはおばあちゃんのことね？　おばあちゃんなら死んだわよ。今日の朝、犬がうるさいからって近所の人がたずねてきたら、玄関で倒れて死んでたんだって。風邪をこじらせたそうよ。もう、せっかくの休みなのに朝から呼び出されてこまっちゃった」

昨日、スズキさんが風邪気味だと言っていたのを思い出した。玄関に立つ女の子の背後で数人の歩き回る気配があった。

「エリちゃん、どなただったのー？」

そう家の奥から女性の声が聞こえてきた。女の子が振り返って、「わかんなーい、知らない子ー」と返事をした。わたしに向き直るとため息をつきながら彼女は「勝手に死なれるのも困るのよ。かってた犬、どうすんだろう。保健所につれていくのかしら」と言った。わたしは咄嗟《とっさ》に「神様、今ここでこの子の首を絞めてもいいでしょうか」と思ったがうなだれてスズキさんの家を離れることしかできなかった。

わたしは公園のベンチに座った。かつてアソを発見したベンチだった。大勢の子供が公園で遊んでいた。滑り台を滑り、ブランコを揺らし、力いっぱいに笑っていた。わたしは体を丸めて目を覆った。スズキさんがもうこの世にいないというのが信じられなかった。「あんまりですよー」と思った。

公園の時計が六時をさした。そろそろママが帰ってくる時間だった。約三時間、わたしはベンチに腰掛けてじっとしていた計算になる。気づくと足元に水溜りができていた。わたしの流した涙が多すぎて水溜りになってしまったのだと一瞬思ったが、よく見ると近くの水のみ場から漏れ流れてきた水だった。

わたしは立ち上がった。地の果てまで逃げようと決心した。しかしそのとき視界の端にカザリの姿を見つけた。最初は見まちがいかと思ったけれどたしかにカザリが公園そばの道を歩いていた。彼女の手にはコンビニの袋がぶら下げられており部屋を出て外へ買い物に出ていたらしいとわかった。わたしはカザリを追いかけた。

「カザリ、待って！」

立ち止まり走ってきたわたしを見た彼女は目を丸くした。

「ねえ、カザリ、ママの部屋でやったこと、正直にママへ謝ってちょうだい！」

「そのことを知ってるの!?」

「そうよ、だからお願い、ママにあなたがやったって話して！」

「いやよ！　わたしママに怒られたくないもの！」

カザリは頭を強く横に振った。

「お姉ちゃんがかわりに怒られてよ。怒られるの慣れてるでしょう？　わたしは怒られるなんてみっともないこといやよ」

わたしはまた息苦しさを感じた。今ここにナイフがあったら自分の心臓を突いて風穴を開《あ》け楽になるのにと思った。

「……でも、花瓶はあなたが倒したんでしょう？」

懇願するように彼女へ訴えた。

「もう、頭の足りない人ね！　お姉ちゃんがやったことにしてって言ってるでしょう！　ママが帰ってきたら、ちゃんとあんたが謝るのよ、わかった!?」

「わたしは……」

ポケットに手をつっこんだ。

「なによっ」

彼女がなじるように言った。血が滲《にじ》むほど強く、ポケットの中でカギを握り締めた。

「わたしは……」

わたしは、彼女のことが心から好きだった。しかしそれは十秒前までのことだった。そう思うと胸につかえていた息苦しいものが溶けて流れて呼吸がらくになった。

「……いえ、いいの。なんでもない。カザリ、聞いてちょうだい……」わたしは決心していた。「残念だけどあなたがやったことをママはもう知っているのよ。これは本当なの。あなたは本を持ち出して、わたしのせいにしようとしたけどママには通じなかったのよ。あなたがコンビニへ買い物に出かけた後、ママが帰ってきたの。

わたしは玄関に立って、部屋から聞こえてくるママの怒声を聞いたの。そして公園まで逃げてきたんだけど、ママはちゃんとあなたが花瓶をたおしたことに気づいていたみたいだった」

カザリは顔を真っ青にした。

「気づくはずないわ！」

「気づいたのよ。わたしは玄関からママの声を聞いたの。ＣＤの並んでいる順番が違う、カザリがやったんだ、って。そうママは叫んでいたもの。それであなたが正直にあやまりにくるのを待っているのよ。お願いだから正直にあやまって」

カザリは困惑したようにわたしを見た。

「もう全部ばれてしまっているの？」

わたしは頷《うなず》いた。

「でもお姉ちゃんのように怒られてぶたれるなんて嫌よ！」

わたしは一緒に困惑するふりをして、それから話を持ちかけた。

「……じゃあこうしましょう。わたしがかわりにあやまってあげる」

「どうするの？」

「今日一晩だけ服をとりかえっこするのよ。わたしがカザリの服を着て、カザリがわたしの服を着るの。明日の朝までわたしはカザリのように振る舞って、そのかわりカザリはわたしのようにうつむいて歩くの」

「ばれない？」

「大丈夫、おんなじ顔なんだもん。ただ、カザリはわたしがいつもそうしているように陰気にしていればいいの。そうしていれば安全だから。怒鳴られるのも、ぶたれるのも、全部わたしがかわりにやってあげる。カザリは心配しなくていいよ」

公園のトイレでわたしたちは入れ替わった。カザリは身につけていたものを全部とって髪の毛をぼさぼさに手でかきまわした。わたしの汚れた服を着る時カザリは顔をしかめた。

「この服へんなにおいがするわ！」

カザリの服は綺麗《きれい》でさらさらしていた。くつしたや腕時計まで全部身につけて手グシでなんとか髪を整えた。うまくいったかどうかわからないけど笑顔をつくってトイレの鏡を覗き込むとなんとかカザリに見えた。その笑顔を見たときスズキさんのことを思い出した。わたしは咄嗟に口元を手で押さえた。両目からなんか水みたいなものが出てきてつまりそれは涙とかそういうやつだったが一生懸命水で顔を洗ってカザリに隠した。

「なにやってんのよ」

わたしがいくら待っても出てこないのでカザリがトイレの入り口に立って憮然とした顔をして言った。

わたしたちは公園を出てマンションに向かった。夕焼けのためにマンションは赤く染まって高く聳《そび》え立っていた。その足元に立って部屋がある十階の窓を見た。さきほどカザリに、ママはすでに帰っていると嘘をついた。彼女にそのことを疑っている様子はなかった。

実際には確認していないがおそらくママはもう帰っているはずだった。六時に帰ると言って時間通りに帰ってこなかったためしが几帳面なママにはこれまでなかった。

「カザリ、あなたは家に帰ったらわたしがいつもしているように振る舞うのよ」

不服そうに彼女は鼻をならした。

「わかってるわよ。それで、どっちが先に帰るの？　一緒に帰るなんて小学二年生のとき以来やってないでしょう？　不自然よ」

わたしたちはじゃんけんをした。三十回連続であいこだった。双子だから出す順番が同じだったのかもしれない。三十一回目でわたしが勝ちわたしに扮装したカザリが先に帰ることとなった。

彼女がマンションの入り口に向かうのを見送った。わたしはマンションの前に生えている木の幹に背中をもたれさせて夕焼けに染まる町を眺めた。彼女がさきほど手に持っていたコンビニの袋はわたしの手に移動していた。膝にあたりコンビニのビニール袋がかさかさと鳴った。

自転車を漕ぐ少年がわたしの前を横切り長い影を引きながら遠ざかっていった。空にかかる雲はまるで内側から発光しているように赤かった。カザリちゃん、と呼ばれて振り返ると同じマンションに住むおばさんがわたしを見ていた。お勉強の調子はどう？　がんばってる？　おばさんはそう聞いた。ええ、まあまあです、とわたしは答えた。直後にどさりと上から何かが落ちてきておばさんはわっと驚いた。汚れた服を着たわたしと同じ顔が地面に倒れていた。

5

わたしは部屋に戻ると死んだカザリのために遺書を書いた。ママの言いつけだった。警察が来るまでの五分以内に書いてちょうだいとママは命令した。引き受けると、あなたはいい子ね、大好きよ、とママは言った。それはわたしがいつも夜中に見る夢の中で聞いていた言葉だった。

ヨーコが死ぬ前に書いた遺書ということになるので文面を考えるのは楽だった。わたしが死にたいと思ったことを書けばよかったのだ。

エンドウヨーコの自殺を疑うものはいなかった。夕日が落ちて薄暗くなり集まっていた野次馬たちが闇《やみ》にまぎれて見えなくなる頃、わたしとママは部屋で警察に質問されてきとうなことを答えた。ママはわたしの正体に気づいていなかったが、気づいてショックを受けるのは遅くないはずだった。今晩中に荷物をまとめて家を出て遠い地に旅立とうとわたしは決心していた。

夜遅くまで警察の話は続きママとわたしは憔悴《しょうすい》した顔をした。わたしは本当に疲れていたがママのは演技だったらしく警察が帰ると肩をもみながらやれやれと言った。死んでもママに悲しまれないなんてわたしという人間はまったくなんてかわいそうな人だったんだろうと思った。そしてまた、もういないカザリに心の中で深く謝罪した。

ママが自室に入るとわたしはカザリの部屋に引っ込んだ。彼女の部屋は可愛らしいもので溢《あふ》れていて落ち着かなかった。台所のゴミ箱の隣のほうがずっと落ち着くわねとわたしは感じた。ママが寝静まったのを確認してわたしはバッグに様々なものをつめた。いつも布団のかわりに使っていたぺちゃんこの座布団を詰め込もうとしたら入らなかった。しかたないのでカザリの服を外に出して座布団の入る空間を確保した。

部屋を出てスズキ家に走りアソを迎えに行った。おばあちゃんが死んで引き取りてのいなくなったアソは保健所に連れて行かれるという話をわたしは覚えていた。アソはまだあの家にいるのだろうかという心配はあった。しかし家に到着すると都合よくアソは玄関先に紐でつながれていた。家の中にはスズキさんの子供や孫たちが葬式を行なうために宿泊しているらしい気配があった。アソは追い出されたのだな、と思った。いいじゃん、わたしと同じじゃん、と思った。

アソはわたしを見ると尻尾《しっぽ》を振り乱しその動きで竜巻《たつまき》が起こるのではないかというほどよく回転させていた。わたしは紐をはずしアソを誘拐した。

犬と一緒にひとまず駅のある方角へ向かった。スズキさんと、そしてエンドウヨーコさんの葬式に出られなくて申し訳ない気持ちだった。これからどうやって生きていくのか自分でもよくはわからなかった。お金はまったくなくてもしかすると餓死するかもしれなかった。しかしわたしは空腹に慣れていたし、飲食店の出す残飯とかにんじんの切れ端とかそういうものを食べても腹をくださない鉄の胃袋を持っていると自負していた。ポケットの中でカギをぎゅっとにぎりしめるとどうやってでも生きていけるという力がわき「おっしゃー!」と思った。

SEVEN ROOMS

●一日目・土曜日

その部屋で目が覚めたとき、自分がどこにいるのかわからなくて怖かった。最初に見えたのはほのかに点《とも》った電球で、黄色く、弱々しい明かりで暗闇を照らしていた。まわりはコンクリートでできた灰色の壁だった。窓もない小さな四角形の部屋に、ぼくは横たえられ、気絶していたらしい。

手で体を支えて上半身を起こすと、地面につけた手のひらにコンクリートの無慈悲な硬さを感じた。まわりを見渡していると、頭が割れるように痛む。

突然、ぼくの背後でうめき声が上がる。姉がそばに倒れており、ぼくと同じように頭を押さえている。

「姉ちゃん、大丈夫？」

体をゆすると、姉は倒れたまま目を開けてぼくを見た。起きあがり、ぼくと同じような格好でまわりを見る。

「ここはどこ？」

わからない。ぼくは首を横に振った。

裸の電球が下がっているだけで他には何もない、薄暗い部屋だった。ぼくたちは、どうやってこの部屋に入ったのか覚えていない。

覚えているのは、郊外にあるデパートの近くの並木道を、姉といっしょに歩いていたということだけだった。母の買い物がすむまで、姉がぼくの世話をすることになったのだ。それはぼくたち二人にとって不愉快なことだった。ぼくはもう十歳になるのだし、世話がなくても一人でちゃんとできる。姉も、ぼくを放っておいて遊んでいたいようだった。でも、母はぼくたちが別々に行動することをゆるさなかった。

ぼくと姉は険悪な雰囲気のまま話をせずに遊歩道を歩いていた。道には四角い煉瓦が模様を描くように敷き詰められ、両側に並んでいる木々は枝を広げて天井を作っていた。

「あんたなんか留守番していればよかったのよ」

「なんだよケチ」

ぼくと姉はときどき、相手を罵《ののし》る言葉をぶつけあった。姉はもうすぐ高校生だというのに、ぼくと同じレベルで口喧嘩をする。そもそもそこが変だ。

歩いていると、急に、後ろの茂みが音をたてた。振り返って確かめる時間もなかった。頭にひどい痛みが走り、いつのまにかぼくたちは部屋にいた。

「だれかに後ろから殴られたんだ。そして気絶している間にここへ……」

姉が立ちあがりながら腕時計を見た。

「もう土曜日になってる……。今、たぶん夜の三時だわ」

腕時計はアナログ式で、ぼくには触らせてくれないほど姉のお気に入りのものだった。銀色の文字盤に小さな窓があり、そこに今日の曜日が表示される。

部屋は縦横高さが三メートル程度あり、ちょうど立方体の形をしていた。飾りのない灰色の硬い表面が、電球の明かりでゆるやかに陰影をつけられている。

鉄製の扉がひとつだけあったが、取っ手も何もない。ただの重い鉄の板が、コンクリートの壁に埋めこまれているだけに見える。

扉の下に、五センチほどの隙間がある。そこから、扉の向こう側にあるらしい明かりが床に反射している。

床に膝をつき、隙間から何か見えないかと確かめる。

「何か見えた？」

期待するような顔でたずねる姉へ、ぼくは首を横に振る。

周囲の壁や床は、あまり汚れていない。つい最近、だれかが掃除をしたように、埃《ほこり》さえつもっていない。灰色の冷たい箱へ閉じ込められたように思えてくる。

ただひとつの明かりとなる電球は天井の中央に下がっているため、ぼくと姉が部屋の中を歩き回ると、二つの影が四方の壁を行ったり来たりする。電球は弱々しく、部屋の隅には暗闇が拭《ぬぐ》えずに吹きだまっていた。

ひとつだけ、この四角い部屋に特徴があった。

床に幅五十センチほどの溝がある。扉のある面を正面だとすると、ちょうど左手の壁の下から、右手の壁の下まで、床の中央部分をまっすぐ貫いて通っている。溝には白く濁った水が左から右へ流れている。異様な臭いを発し、水に触れているコンクリート部分は変色しておぞましい色になっている。

姉は扉を叩いて大声を出した。

「だれか!」

返事はない。扉は分厚くて、叩いても、びくともしない。重い鉄の塊を叩いたときに出る、人間の力では壊れないという絶対的に無情な音が、部屋の中に反響するだけだった。ぼくは悲しくなって立ちすくむ。いつになったらここから出られるのだろう。姉の持っていたバッグはなくなっていた。姉は携帯電話を持っていたが、そのバッグの中に入れていたため、母に連絡することもできない。

姉は床に頬をついて、扉の下の隙間に向かって叫んだ。全身を震わせ、汗まみれになって体の奥から助けを呼ぶ。

今度は、どこか遠くから声らしいものが聞こえた。ぼくと姉は顔を見合わせた。自分たち以外に、近くにだれかがいる。しかし、その声は判然とせず、内容までは聞き取れなかった。それでも、ぼくはほっとした。

しばらく、扉を叩いたり、蹴ったりしていたが、無駄だった。やがてつかれて、ぼくと姉は寄り添って眠った。

朝の八時ごろ、目が覚めた。

眠っている間に、扉の下の隙間に食パンが一枚と、綺麗な水の入った皿が差し込まれていた。

姉は、パンを二つに裂くと、半分をぼくにくれた。姉はパンをさしこんでくれた人物のことを気にしていた。もちろん、その人物が、自分たちをここに閉じ込めたにちがいない。

部屋の中央を貫いている溝は、ぼくたちが眠っている間も絶え間なくゆっくりと水が流れている。常にそこからは物の腐ったような臭いが漂い、ぼくは気持ち悪くなった。虫の屍骸《しがい》や残飯が浮いて、部屋を横切っていく。

ぼくはトイレに行きたくなった。そう姉に告げると、扉を一度見て、首を横に振った。

「部屋から出してもらえそうにないから、その溝にしなさい」

ぼくと姉は、部屋から出られるのを待った。しかし、いつまでたっても、扉が開くことはなかった。

「だれが、どういう目的で私たちをこの部屋に閉じ込めているのだろう」

姉は部屋の隅に座ってつぶやいた。溝を挟んで、ぼくも同じように腰を落ちつける。灰色のコンクリートの壁に、電球のつくる明かりと影。姉の疲れた顔を見て悲しくなった。早くこの部屋から出ていきたかった。

姉は扉の下の隙間に叫んだ。どこからか人の返事が聞こえる。

「やっぱり、だれかいる」

しかし、反響して何と言っているのかわからない。

食事はどうやら朝だけらしく、その日、もう運ばれてくることはなかった。空腹を姉に訴えると、それくらいがまんしなさい、と怒られた。

窓がないのでよくわからなかったが、時計を見ると夕方の六時ごろだった。扉の向こう側から、こちらに近付いてくる足音が聞こえた。

部屋の隅に座っていた姉が、ぱっと顔を上げる。ぼくは扉から距離をとった。

足音が近づいてくる。ついにぼくたちの閉じ込められているこの部屋に、だれかがやって来るのだと思った。そしてその人物は、なぜぼくたちにこんなことをするのか説明してくれるに違いない。ぼくと姉は、息を呑《の》んで扉が開かれるのを待った。

しかし、予想に反して足音は部屋の前を通りすぎた。拍子抜けした顔で姉が扉に近づき、下の隙間に向かって声を出す。

「待って！」

足音の人物は、姉を無視して行ってしまった。

「……ぼくたちをここから出す気なんて、ないんじゃない？」

ぼくは怖くなって言った。

「そんなはずないわ……」

姉はそう言ったが、それが口だけだということは、顔でわかった。

部屋の中で目がさめて、丸一日がたった。

その間、隙間の向こうから、重い扉の開閉する音や、機械の音、人の声らしい音、靴音などが聞こえた。でも、それらはすべて壁に反響してはっきりとせず、どれも巨大な動物の唸《うな》り声のように空気を震わせているだけに聞こえた。

ぼくと姉のいる部屋は、一度も開けられることはなく、ぼくたちはまた寄り添って眠りについた。

●二日目・日曜日

目が覚めると、扉の下の隙間に食パンがあった。水の入った皿はない。昨日、差し込まれた皿は、部屋に置いたままだった。それを隙間から出しておかなかったから水がもらえなかったのではないかと姉は推測していた。

「忌々《いまいま》しい！」

姉は悔しそうに言うと、皿を振り上げた。床に叩きつけようとして、とどまる。壊すと、もう二度と水をくれなくなるかもしれない。そう考えたのだろう。

「なんとかしてここから出なくちゃいけない」

「でも、どうやって……？」

弱々しくたずねるぼくに、姉が視線を注ぐ。次に、部屋の床を貫いている溝を見た。

「この溝は、きっと私たちのトイレのかわりなんだ……」

溝の幅は五十センチ、深さは三十センチくらいだ。片方の壁の下から出て、もう片方の壁の下に吸いこまれている。

「私が通るには小さすぎる」

でも、ぼくなら通り抜けられるにちがいない。そう姉は言った。

姉のはめていた腕時計で、お昼ごろだというのがわかった。

ぼくは姉の言う通り、溝の中をくぐって部屋の外へ行くことになった。そうやってこの建物の外に出ることができれば、だれかに助けを求めることができるはずだ。もし外へ出ることができなくても、とにかく周囲のことをなんでもいいから知りたい。そう姉は考えていた。

でも、ぼくは乗り気じゃなかった。

溝の中に入ろうと、ぼくはパンツだけになる。そこで、やっぱりひるんだ。溝を流れている濁った水にもぐらなければいけないというのが、つらかった。姉も、ぼくの気持ちがわかったらしい。

「おねがい、がまんして!」

躊躇《ためら》いながら、溝の中に足を入れた。浅い。足の裏側は、すぐに底へついた。ぬるぬるして、すべりやすい。深さは膝の下くらいしかない。

壁の中に吸い込まれる溝の口は、横に細長い四角形で、暗い穴になっている。小さかったが、ぼくなら通れるはずだった。ぼくはクラスの中で、一番、体が小さい。溝が壁の中で四角いトンネルのように続いている。水面に顔を近づけて、先がどうなっているのか見ようとした。そうした拍子に、ぷんと悪臭が鼻をつく。溝のトンネルがその先どうなっているのかは、よくわからなかった。実際にもぐってみるしかない。

壁の中に続くトンネルの中で体が引っかかったら、戻ることができなくて危ないかもしれない。そう考えて、姉はぼくの服の上下と二人分のベルトを繋《つな》いでロープを作っていた。それを靴紐でぼくの片足に結びつけ、危なそうだったら引っ張ってぼくを助けるという計画だった。

「どっちに行けばいいの？」

ぼくは、左右の壁を見て姉に尋ねた。溝を流れる水流の上流側と下流側、二つの穴が左右の壁の中央下部にあいている。

「好きな方を選びなさい。でも、どこまでもトンネルが続いてそうだったら、すぐに戻ってくるのよ」

ぼくはまず上流の方を選んだ。つまり、扉のある壁を正面としたとき、左手の方にある四角い穴だ。壁の近くまで行って、溝の水流に体を沈める。汚れた水が足の方から徐々に体を覆っていく。まるで細かい虫が全身を這《は》い進み、蝕《むしば》んでいくような気持ちだった。

息をとめ、しっかり目を閉じ、水の流れ出てくる壁の四角い穴に頭から飛び込んだ。狭く、天井は低い。腹ばいになったぼくの後頭部をトンネルの天井が打つ。

コンクリートの四角いトンネルを、ぼくの体がぎりぎりで通りぬける。針の穴に糸を通すようなものだった。水の流れはそれほど速くないので、逆行することはかんたんだった。

幸い、二メートルほど水の流れるトンネルを腹ばいに進んだところで、それまでぼくの頭や背中にあたっていた天井の感触が消えた。溝がどこか広い空間に出たのだと思い、ぼくは水から顔をあげて立ちあがった。

悲鳴が聞こえた。

汚れた水が目の中に入るのがいやだったけど、ぼくは目を開けた。一瞬、もといた部屋に戻ってきたのかと思った。先ほどとまったく同じ、そこは周囲を灰色のコンクリートに囲まれた小さな部屋だった。それに、溝はさらにまっすぐ床の中央を貫いて続いている。ぼくは溝の上流のトンネルに飛びこみ、下流のトンネルから出てきてしまったのだと思った。

しかし違った。姉のかわりに、別の人間がいた。姉よりも少し年上くらいに見える若い女の人で、見たことのない顔だ。

「あなたはだれ!?」

彼女はそう叫び、怖がるようにぼくから遠ざかる。

ぼくと姉のいた部屋から上流の方向へ溝の中を進むと、そこもまた同じつくりの部屋で、人が閉じ込められていた。何から何まで同じで、溝もさらに先へ続いていた。しかも、そのひと部屋だけではなかったのだ。

ぼくは、戸惑っている女の人に、溝の下流側の部屋に姉と閉じ込められていることを説明した。それからさらに、足に結んでいたロープを外して上流の方へ向かうことにした。その結果、さらに二つのまったく同じコンクリート製の部屋があった。

つまり、ぼくと姉のいた部屋から溝を遡《さかのぼ》ると、三つの部屋があったわけである。どの部屋も、一人ずつ人間が入れられていた。

最初の部屋には若い女の人。

その次の部屋には髪の長い女の人。

一番、上流にある部屋には、髪を赤く染めた女の人。

みんな、わけもわからず閉じ込められていた。大人ばかりで、子供なのはぼくと姉だけだった。姉はともかく、ぼくはまだ体も小さいので、姉弟でセットにされて部屋に入れられたのだろう。ぼくは一人分として数えられなかったのだ。

赤く髪を染めた女の人がいた部屋から先には、溝に鉄柵がしてあって進めなくなっていた。ぼくはもとの部屋に戻ると、全部、姉に説明した。

ぼくの体は、乾いても臭いがとれなかった。体を洗う水もない。そのため、部屋はより臭くなったが、姉は不満を言わなかった。

「私たちがいるのは、上流側から数えて四つ目の部屋ということね？」

つぶやきながら、何か考えていた。

部屋はたくさん連なっていたのだ。そしてそれぞれ人が閉じ込められている。それがぼくには驚きだった。心強い気もした。同じ状況の人が大勢いるというのは、慰められているようだった。

それに、みんなぼくを見て、最初は戸惑っていたが、やがて顔を輝かせた。これまで何日も閉じ込められていて、みんな、他人というのを見ていなかったらしい。

扉を開けられることもなく、自分が今、どんな状況なのか、壁の向こう側がどうなっているのかも知らなかったのだ。だれも、溝をくぐれるような小さな体を持っておらず、どうすることもできなかった。

ぼくが溝にもぐって部屋を立ち去ろうとすると、またここに戻ってきて何を見たのか説明するようにとみんな懇願した。

だれが自分たちを閉じ込めているのか、みんな知らないのだ。だから、自分はどんな場所に閉じ込められているのか、自分はいつ外に出られるのかということを知りたがっていた。

姉に上流の様子を報告した後、今度は溝の中を下流の方向へ向かった。そこもまた、上流側がそうだったように、コンクリートの薄暗い部屋が連なっていた。

下流へ向かって最初の一部屋目は、他の部屋と同じ状況だった。

姉と同じくらいの年齢に見える女の人が閉じ込められていた。ぼくを見ると驚き、説明を聞くとやがて顔を輝かせた。やはり、みんなと同じように部屋へつれてこられ、わけもわからず閉じ込められているそうだった。

さらにその部屋から下流へ向かった。

また四角い部屋に出た。しかし、今度は様子が違っていた。つくりは他の部屋とまったく同じだったが、人がいなかった。空っぽの空間に、電球の明かりだけが弱々しく灰色の箱の中を照らしている。これまでに見た部屋にはかならず人がいたため、部屋にだれもいないというのが不思議な感じだった。

溝はまだ先へ続いている。

空っぽの部屋から、もうひとつ先へ進む。足のロープを持ってくれる人はいなかったけど、気にしなかった。どうせまた下流にも小部屋が並んでいるのだろうと思い、ロープは姉の部屋に置いてきていた。

ぼくと姉のいた部屋から下流へ三つ目の部屋に、母と同じくらいの年齢に見える女性がいた。

溝から立ちあがるぼくを見ても、彼女はさほど驚かなかった。彼女の様子がおかしいことはすぐにわかった。

やつれて、部屋の隅にうずくまり、震えている。母と同じくらいの年齢に見えたのは間違いで、本当はもっと若いのかもしれない。

ぼくは溝の先を見た。壁の下の四角い穴に鉄柵があり、そこから先には行けないようになっている。どうやら下流の終着点らしい。

「あの、大丈夫ですか……？」

ぼくは気になって、女の人に声をかけた。彼女は肩を震わせた。恐怖の眼差しで、水の滴《したた》っているぼくを見つめる。

「……だれ？」

魂のほとんど抜けきった力のないかすれた声だった。

他の部屋にいた人の様子と、あきらかに違う。髪はぼさぼさになり、抜け落ちた毛がコンクリートの床に散らばっていた。顔や手が汗で汚れている。目や頬が落ち窪み、骸骨のように見える。

ぼくは彼女に、自分が何者で、何をしているのかを説明した。彼女の暗かった瞳の中に、光が点ったように感じた。

「じゃあ、この溝の上流に、まだ生きた人間がいるのね!?」

生きた人間？　ぼくは彼女の話がうまく理解できなかった。

「あなただって見たでしょう？　見なかったはずがないわ！　毎日、午後六時になると、この溝を死体が流れていくのを……！」

ぼくは姉のもとに戻って、まずは溝の先がどうなっていたのかを説明した。

「全部で部屋は七つ連なっていたのね……」

姉はそう言うと、ぼくがいろいろなことを説明しやすいように、それぞれの部屋に番号を割り振った。上流の方から順番に番号をつけると、ぼくと姉のいる部屋は四番目、そしてあの最後の部屋にいた女の人は七番目の部屋にいたことになる。

それからぼくは、七番目の部屋の女性が言ったことを姉に説明するべきかどうか迷った。まに受けて話をすると、ばかげていると思われるかもしれない。そうしているうちに、何かを躊躇っていることが姉に気づかれたらしい。

「まだ何かあるの？」

ぼくはおそるおそる、七番目の部屋の女性が言ったことを姉に話した。

あのやつれきった女性が言うには、毎晩、決まった時刻になると、溝を死体が流れていくそうだ。上流から下流へ、水に乗ってゆっくりと漂って部屋を通り過ぎるという。

なぜ、それらの死体が、溝の狭いトンネルをくぐれるのか、ぼくは話を聞いていて不思議に思った。そもそも七番目の部屋を通る溝の下流側には鉄柵がはまってい て、先に行けないようになっているのだ。死体が流れてくれば、引っかかるはずである。

しかし、やつれた女性は言った。

流れてくる死体はどれも、鉄柵の隙間を通り抜けられるほどに細かく切り刻まれているのだそうだ。だから、たまに柵へひっかかる程度で、ほとんどは部屋を通り過ぎて、流れ去ってしまうという。彼女は部屋に閉じ込められた日から毎晩、死体の破片が水に浮いて横切っていくのを見るのだそうだ。

姉は話を聞いている間、目を大きく広げてぼくを見ていた。

「昨夜も見たって？」

「うん……」

ぼくたちは昨日、死体が溝を流れるのに気づかなかった。いや、気づかないなんてことがあるだろうか。夕方六時には、たしかまだぼくたちは起きていた。溝は部屋のどの位置にいても目につく。何かおかしなものが浮いていれば、不思議に思わないはずがない。

「上流にいた三つの部屋の人も、そんなことを言ってた？」

ぼくは首を横に振った。死体の話なんてしたのは、七番目の部屋にいた、やつれた女性だけだ。彼女だけが、幻覚でも見ていたのだろうか。

しかしぼくには、彼女の顔が忘れられなかった。頬がこけて、目の下にくまを作り、すでに死んでしまった人のように目が暗かった。心底、何かにおびえている人の表情だったのだ。他の部屋に閉じ込められている人とあのやつれた女性とでは、どこかがあきらかに違っていた。彼女は何か特別な悪い体験をしているに違いないと思った。

「その話、本当だと思う？」

姉に尋ねると、わからない、というふうに首を振った。ぼくは不安でしかたなかった。

「……時間がくれば、きっとわかるわよ」

ぼくと姉は部屋の壁に体を預けて座りこみ、姉の腕に巻かれている時計で午後六時になるのを待った。

やがて、腕時計の長針と短針が一直線に並び、『12』と『6』を結ぶ。銀色の針は部屋の電球の光を反射して、時間がきたことを告げた。ぼくと姉は、息をつめて溝を見つめた。

　扉の向こう側に、だれかの行き来する気配がある。ぼくと姉はその気配にそわそわさせられた。聞こえる足音と、この時刻であることとの間に、何か関係があるのだろうか。しかし、声をかけても無駄だと思ったのか、姉は扉の下の隙間から歩いている人物に呼びかけたりはしなかった。

　どこか遠くで機械の唸る音が聞こえる。でも死体なんて流れてこなかった。ただ、濁った水に無数の死んだ羽虫が浮いているだけだった。

●三日目・月曜日

　目が覚めると朝の七時だった。扉の下の隙間に、食事の食パンが差し込まれている。一日目の食事以来、部屋に置いたままになっていた水の入っていた皿は、昨日、隙間から外に出しておいた。それがよかったのか、今日は水がもらえた。おそらくぼくたちをここに閉じ込めている人物は、朝食のパンをみんなに配る際、水の入ったヤカンをいっしょに持ち歩いているのだろう。一枚ずつ食パンを隙間へ差し込むたび、扉の下から出された皿の中へ水を入れていく。顔も知らないその人物がそうして七つの扉の前を歩いている場面を、ぼくは想像した。

姉が食パンを二つに裂き、大きな方をぼくにくれた。

「お願いがあるわ」

姉は、またぼくに溝の中を移動してみんなに話を聞いてきてほしいと言った。ぼくは二度と溝にもぐるのはいやだったが、そうしないならその食パンを返せと姉が言うので、従うことにした。

「みんなに聞くことは二つあるわ。何日前に閉じ込められたのかということと、溝の中を死体が流れるのを見たかどうか。以上のことをたずねてきてちょうだい」

ぼくはそうした。

まずは上流の三つの部屋へ向かう。

ぼくの顔を見ると、みんな、ほっとした表情になった。姉に頼まれた質問をみんなにした。

窓も何もない空間なので、自分がどれくらいの間ここにいるのかを知ることは難しそうに思えた。しかし、それぞれ何日間ここに閉じ込められているのかを把握していた。時計をもっていない人もいたが、食事が一日に一回、運ばれてくるため、その回数を数えていればいいのだ。

次に下流へ向かう。そこでおかしなことになっていた。

五番目の部屋は昨日通り、若い女の人がいた。

しかし、昨日、空っぽだった六番目の部屋には、はじめて見る女の人が入っていた。彼女は、溝の中から現れたぼくを見ると悲鳴をあげ、泣き叫んだ。ぼくを怪物のように思ったらしく、説明するのに手間取った。ぼくもここに閉じ込められていて、体が小さいために溝の中を移動できるのだということを説明すると、理解してもらえた。

彼女は昨日、気づくとこの部屋の中にいたらしい。土手をジョギングしていたのだが、道に駐車している白いワゴン車の脇を通りすぎた瞬間、頭を何かで殴られて、気を失ったのだそうだ。まだ殴られたところが痛むのか、彼女は頭を押さえていた。

ぼくは七番目の部屋へ向かった。そこでもまた、考えていなかったことが起きた。

昨日はやつれた女性がその部屋にいて、溝を死体が流れていくと話していた。しかし、その女性がどこにもいない。部屋の中から消えて、ただコンクリートの無表情な冷たい空間があるだけだった。電球が空っぽを照らしていた。

不思議なことに、昨日、ここへきたときよりも部屋の中が綺麗な気がした。人間が閉じ込められていたという気配があまりない。壁や床には少しも汚れた様子がなく、平らな灰色の表面にただ電球の作る明るい部分と暗い部分があるだけだった。昨日、ぼくがここで見た女性は錯覚だったのだろうか。それとも、部屋を間違えているのだろうか。

四番目の部屋に戻り、見聞きしたことをすべて姉に説明した。

姉がぼくの口を使って言わせた一つ目の質問には、みんなそれぞればらばらな答えが返ってきた。

一番目の部屋にいた髪を染めた女の人は、閉じ込められた状態で今日、六日目を迎えたそうだ。六回、食事を与えられたので間違いないという。

二番目の部屋にいた女の人は五日目、三番目の部屋の女性は四日目、そして四番目の部屋にいるぼくと姉は、部屋で目覚めて三日目だ。

さらに下流にある五番目の部屋の女性は二日目。そして昨夜、部屋の中で目覚めたという女の人は、今朝の食事がはじめてだったので、一日目だ。

七番目の部屋にいた人は、何日間、閉じ込められたのだろう。尋ねる前に消えてしまった。

「……外へ出られたのかな？」

姉に尋ねると、わからない、という答えが返ってきた。

二つ目の『死体が流れていくのを見たことがあるか』という質問に対しては、だれもが首を横に振った。溝を流れる死体なんて見た人間は、だれもいなかったのだ。それどころか、ぼくの質問を聞いた瞬間、不安そうな顔をした。

「なんでそんな質問をするの？」

どの部屋の女の人も、そう問い返した。ぼくが何か特別な情報を持っていてそんな質問をしているのだと思ったようだった。それは実際にその通りなのだ。みんなはぼくのように他の部屋の情報を知ることができない。だから、いろいろなことを想像するしかない。ただ閉じられた空間の中で、壁の向こう側はＴＶ局や遊園地なのかもしれないと思い巡らして時間をつぶすしかないのだ。

「後で説明します……」

ぼくは、早くみんなに質問してまわりたくて、そう短く切り上げた。

「だめ、ここは通さないから。それともあなた、ここにわたしを閉じ込めている人の仲間なの？　他にも部屋があって人が閉じ込められているって話、嘘なのね？」

一番目の部屋から立ち去ろうとしたとき、その部屋にいた人だけはそう言って溝の中に入ると、下流側の壁を背にして直立した。ちょうど溝のトンネルを足で塞《ふさ》いだ格好になる。そうされるとぼくは帰れなかった。

しかたなく、昨日、七番目の部屋で聞いたことと、姉の命令でみんなに質問してまわっていることなどを話した。彼女は顔を蒼白にしながら、馬鹿ね、そんなはずないじゃない、と言ってぼくに道をあけてくれた。

結局、だれも死体が流れるところを見たことがないということは、やっぱり七番目の部屋にいた人は夢でも見ていたのだろうか。そうだといい。ぼくはそう思った。

そもそも、七番目の部屋にいたやつれた女性は、毎日、決まった時刻に死体が流れていったと言う。でも、これまで何日も閉じ込められていた上流にいた人たちは、死体なんて見ていないそうだ。わけがわからない。

ぼくはため息をつき、溝の中に入って汚れた体を、以前に作ったロープで拭いた。ぼくの上着やズボンはすべてロープにしてしまい、そのままだったから、これまでずっとパンツだけで過ごしていた。それでも部屋は生暖かいので、風邪をひくことはなかった。ロープはとくに使い道もないまま、部屋の片隅に放置して時々ぼくの体を拭くタオルのかわりになっていた。

膝を抱えた状態で寝転がる。剝《む》き出しのコンクリートの床は、肋骨が硬い床の表面に当たって寝転がるには痛かった。でもしかたない。

それから、こんな不確かなわけのわからない情報も、他の部屋にいるみんなに伝えてまわるべきだと思った。みんな、自分に見える範囲のことしか知り得なくて、怖がっている。

でも、話を聞いてさらにわけがわからなくなるかもしれないと考えると、話していいのかどうか迷う。

部屋の隅に座っている姉が、壁と床の境目あたりを凝視していた。ふと、手で何かをつかむ。

「髪の毛が落ちてたわ」

姉が、長い髪の毛を指先につまんで垂らしながら意外そうに言った。なぜ、あらためてそんなことを言うのか、ぼくにはわからなかった。

「これを見て、この長さ!」

姉は立ちあがり、拾った髪の毛の長さを確かめるように、端と端をつまんで掲げた。五十センチはあった。

ようやく、ぼくは姉の言いたいことがわかった。ぼくと姉の髪の毛は、そんなに長くないのだ。ということは、床に落ちていたのは、ぼくたち以外のだれかの毛髪だということだ。

「この部屋、私たちがくる前にだれかがつかっていたんじゃないかしら?」

姉は顔を青くして、うめくように言葉を吐き出す。

「きっと……、いえ、たぶん……。馬鹿げた推測かもしれないけど……。あなたも気づいたでしょう? 上流にある部屋の人のほうが、閉じ込められている期間が長いのよ。それも、ひとつ部屋がずれると、一日、多く閉じ込められている。つまりね、端にある部屋から順番に人が入れられていったということなの」

姉はあらためて、それぞれの部屋にいる人の、閉じ込められた期間の違いに注目していた。

「それじゃあ、それ以前はどうだったのかしら?」

「人が入る前？　空っぽだったんじゃない？」

「そう。空っぽだったのよ。それじゃあ、その前は？」

「空っぽの前は、やっぱり空っぽだったんだよ」

姉は首を横に振りながら、部屋の中を歩き回った。

「昨日を思い出して。昨日の段階で、私たちはこの部屋で目覚めて二日目だった。ひとつ下流にある五番目の部屋の人は一日目だった。六番目の部屋は、ゼロ日目と考えて、空っぽだった。でも、七番目の部屋の人は？　その並び順で考えれば、マイナス一日目の人が入れられているはずでしょう？　あなた、マイナスって数字は小学校でならった？」

「それくらい知ってるさ」

しかし、話がややこしくてわからなかった。

「いい？　連れてこられてマイナス一日目の人なんていないのよ。その人は、わたしの勝手な推測だけど、昨日の段階で連れてこられて六日目の人だったのよ。一番目の部屋にいた人が閉じ込められる前日に、その人は連れてこられていたの」

「それで、今どこにいるの？」

姉は歩き回るのをやめて口籠《くちご》もり、ぼくを見た。一瞬、躊躇ってから、おそらくもうこの世にいないのだということをぼくに説明した。

昨日はいた人が消え、空っぽの部屋に人が入る。ぼくは、溝の中を移動して見てきた部屋ごとの違いを、姉の言ったことに照らしあわせて考えた。

「一日たつと、人のいない部屋が下流の方向へひとつずれる。それが下流まで行ってしまったら、また上流の部屋からやり直し。七つの部屋は、一週間を表しているんだわ……」

一日に一人ずつ、部屋の中で殺されて、溝に流される。その隣の空っぽだった部屋には、人が入れられる。

順番に殺されて、また人は補充される。

昨日、六番目の部屋に人はいなかった。今日はいた。人がさらわれてきて、補充された。

昨日、七番目の部屋に人はいた。今日はいなかった。消されて、溝に流された。

右手の親指の爪を噛《か》みながら、姉は忌まわしい呪文のようにつぶやいていた。目の焦点はあっていなかった。

「だから、七番目の部屋の人は、溝に死体が流れて過ぎるのを見ることができた。だって、この順番で部屋に人が入れられるのであれば、死体が溝に流されても、その部屋より上流の方にいては見ることはできない。こう考えれば、七番目の部屋にいた女の人の話が、夢や幻覚じゃなかったと考えることができるわ。つまり彼女が見たのは、以前に他の部屋へ入れられていた人の死体だったんだと思う」

昨日の段階で、死体が流れるのを見ていたのは、七番目の部屋にいた女性だけだったのだ。そう姉は説明してくれた。ぼくはややこしくてよくわからなかったけど、姉の言っていることは正しいように思えた。

「私たちが連れてこられたのが金曜日、その日に五番目の部屋にいた人が殺されて流された。一晩あけて土曜日、六番目の部屋の人が殺されて、五番目の部屋に人が入れられた。あなたが見た空っぽの部屋は、中にいた人が殺された後だったんだ。そして日曜日、七番目の部屋の人が殺された。ここで溝を監視していても、当然、死体は見えなかったはずだわ。上流には流れてこないのだから。そして今日、月曜日……」

一番目の部屋の人が殺される。

ぼくは急いで一番目の部屋へ行った。

髪を染めた女の人に、姉の考えたことを説明した。しかし、彼女は信じなかった。顔を引きつらせながら、そんなことあるはずないでしょう、と言った。

「でも、一応ってこともあるから、なんとかして逃げださないと……」

しかしどうやって逃げればいいのか、だれにもわかっていなかった。

「私は信じないわ！」彼女は怒ったようにぼくへ叫んだ。「一体なんなのよこの部屋は！」

ぼくは溝の中を、姉のもとまで戻った。途中、ふたつの部屋を通り抜けないといけない。そのとき、それぞれの部屋にいた人に声をかけられ、何があったのかとたずねられた。しかし、話をしていいのかどうかわからなかった。結局、何も伝えないまま、すぐにまた戻るからと言って姉のもとへ向かった。

姉は部屋の隅で膝を抱えていた。ぼくが溝からあがると、手招きした。溝の水で体中が汚れているのにも構わず、姉はぼくを抱きすくめた。

姉の腕時計で午後六時。

溝を流れる水に、赤みが差した。ぼくと姉が話もせず見つめていると、溝の上流側の四角い口から、白いつるりとした小さなものが漂ってきた。最初は何かわからなかったが、それが水面で半回転したとき、並んでいる歯が見えて、下顎の一部だとわかった。それが浮いたり沈んだりしながら部屋の中を通りすぎ、下流側の穴へ吸いこまれていく。やがて耳や指、小さくなった筋肉や骨が次々と流れてきた。切断された指に、金色の輪がはまっている。

染めた髪の毛の塊が流れていく。よく見るとそれらは、ただ髪の毛がからまっているわけではなく、髪の生えた頭皮ごと流れているのだと気づく。

一番目の部屋の人だ、とぼくは思った。濁った水に乗って流れていく無数の体の切れ端は、とても人間だったものとは思えず、ぼくはただ不思議な気持ちにさせられた。

姉は口元を押さえてうめいた。部屋の隅に吐いたが、ほとんど胃液だけだった。話しかけたけど答えてくれず、姉は放心したように黙りこんでいた。

薄暗くて陰鬱《いんうつ》なこの四角い部屋は、ぼくたちをそれぞれ一人ずつにわけ隔てる。充分に孤独を味わわせた後に、命を摘み取っていく。

「一体なんなのよこの部屋は！」

そう一番目の部屋の人は叫んでいた。震えるようなその叫び声が頭にこびりついて離れない。そしてこの固く閉ざされた部屋は、ただぼくたちを閉じ込めているという以上の意味を持っているように感じられてくる。もっと重大な、人生とか魂といったものさえ閉じ込め、孤立させて、光を剝ぎ取っていくように思えた。まるで魂の牢獄だ。これまで見たことも体験したこともない本当の寂しさや、もう自分たちには未来などないのだという生きることの無意味さをこの部屋は教えてくれる。

姉が膝を抱えて体を丸め、むせび泣いていた。ぼくたちの生まれるずっと昔、歴史のはじまる以前から、人間の本当の姿はこうだったのかもしれないと思った。暗く湿った箱の中で泣いているような、今の姉のようだったのかもしれない。

ぼくは指を折って数えた。ぼくと姉が殺されるのは、閉じ込められて六日目の、木曜の午後六時のはずだった。

●四日目・火曜日

何時間もかけて、溝の水から赤い色が消えた。その直前、石鹼《せっけん》でたてられたような泡が水面に浮かんで流れていったので、もしかするとだれかが上流の部屋を掃除しているのかもしれないと思った。人を殺せばきっと血が出る。それを洗い流しているのだ。

姉の腕時計の針が深夜十二時を過ぎ、ぼくたちがここへ連れてこられて四日目、火曜日が訪れる。

ぼくは溝に潜り、上流にある一番目の部屋に向かった。

途中の部屋にいる二人は、溝を流れすぎたものの説明をするようぼくに迫った。ぼくは、後で、と言ってまずは一番目の部屋に急ぐ。

やはり、昨日までいたはずの女の人が消えていた。部屋の中は洗い流されたように綺麗だったため、予想した通りだれかが掃除したのだろうと思った。それがだれなのかはわからない。でも、きっとぼくたちをここに閉じ込めている人なのだろうと思う。

姉が部屋の中で見つけた長い髪の毛は、やはりぼくたちが連れてこられる前に、あの部屋にいて殺された女性のものだったのだ。そして掃除が行なわれた際、偶然、部屋の隅に落ちていた一本だけが石鹸水に流されず残っていた。

ぼくたちを連れてきて殺しているのは、どんな人なのだろう。だれも顔を見たことはなかった。時折、扉の向こう側を歩く靴音は、きっとその人のものにちがいない。

その人は、一日に一人ずつ、部屋の中で人を殺す。六日間だけ閉じこめた後、ばらばらにするのがお気に入りなのだ。

まだ、姿を見たこともない。声さえ聞いたことがない。しかし、確実にその人物はいて、扉の向こう側を歩いている。毎日、パンと水と死を運んでくる。その人が七つの部屋を設計して、順番に殺していくという法則を考え出したのだろうか。

実際にその人物の姿を見たことがないせいか、とらえどころのない気持ち悪さを感じる。やがてぼくと姉もその人に殺されるのだろう。その直前にしか、はっきりと姿を見る方法はないように思う。

それではまるで、死神そのものだ。ぼくや姉、他の人たちは、その人物のつくった絶対的なルールの中に閉じ込められていて、死刑が確定してしまっている。

ぼくは二番目の部屋に移動し、その部屋で六日目を過ごしている髪の長い女の人に、昨日、姉が考えたことを伝えた。彼女は、それが馬鹿げた推測だとは言わなかった。溝の上流から流れてきた一番目の部屋にいた女性の死体を見てしまっていたからだ。そして、薄々、自分が閉じ込められたまままもう外に出ることはできないのだということを感じ取っていたらしい。彼女は、話を聞いた後、姉と同じように黙りこんだ。

「……後で、またきます」

そう言ってぼくは三番目の部屋に向かい、そこでも同じ説明をした。

三番目の部屋にいた女性は、明日のうちに殺される予定である。これまではいつまで部屋に閉じ込められていなければならないのか、いったい自分はどうなってしまうのか、まったく判然としなかった。それが今では、明確な予定としてつきつけられる。

三番目の部屋にいた女の人は、口元を押さえ、ぽろぽろと涙をこぼした。

自分の殺される時間を知る方がいいのか、知らない方がいいのか、ぼくにはよくわからない。もしかしたら、何も知らされないまま、目の前を通り過ぎる死体を見つめて不安に日々を過ごし、ある日突然に扉が開いてまだ見たこともない人間に殺されるほうがいいのかもしれない。

目の前で泣いている女の人を見ながら、七番目の部屋にいたやつれた女性のことを思い出した。みんな、彼女と同じ表情になる。

絶望。もう、何日も四角いコンクリートの部屋に閉じ込められていて、これがただのだれかの遊びだったとは考えられない。自分には本当に死が訪れるのだということを、嫌でも気づかされる。

七番目の部屋にいた女性は、毎日、溝を流れる見知らぬ人間の体の破片を見つめながら、今度は自分かもしれないと考えていたのだろう。彼女には、自分がいつ殺されるのかすら知る方法はなかった。ぼくは彼女の怯えた表情を思い出し、胸が苦しくなった。

二番目の部屋、三番目の部屋、それぞれの場所で同じ説明を繰り返し、さらに五番目の部屋と六番目の部屋でも同じことをした。

そして七番目の部屋には、新しい住人が入れられており、溝から上がったぼくをみると悲鳴を上げた。

四番目の部屋にいる姉のもとへ帰る。

姉の様子が心配だった。部屋の隅に座ったまま動かない。近づいて腕時計を見る。朝の六時だ。

そのとき、扉の向こう側で靴音が響いた。扉の下の隙間に食パンが一枚差し込まれ、出していた皿に水の注がれる音がする。

扉の下の隙間からはつねに向こう側の明かりが漏れていて、その周辺だけは灰色のコンクリートの床がぼんやりと白い。そこに今、影ができて、動いている。だれかが扉の前に立っているのだ。

扉を隔てた向こう側に、これまで多くの人間を殺して、今もぼくたちを閉じ込めている人物がいる。そう考えると、その人物が纏《まと》っている黒く禍々《まがまが》しい圧力が扉をつき抜けてほとんど息苦しいくらいぼくの胸を押さえつける。

姉が弾かれたように立ちあがった。

「待って！」

扉の下の隙間に体ごと飛びかかるようにして、唇をつけて叫んだ。必死で隙間に手をねじこむ。しかし入るのは手首までで、腕の途中でつかえてしまう。

「お願い、話を聞いて！　あなたはだれなの!?」

懸命に姉は叫ぶが、扉の向こう側にいた人は、まるで姉などいないように無視して行ってしまった。靴音が遠ざかっていく。

「ちくしょう……、ちくしょう……」

姉はつぶやきながら、扉の横の壁に背中をあずけた。

鉄の扉には取っ手がなく、蝶番《ちょうつがい》の場所から考えると、部屋の内側に開くようできている。それが次に開くのは、部屋の中にいるぼくたちが殺されるときなのだろう。

自分は死ぬのだ、ということを考えた。ここに閉じ込められて、家に戻れないのが怖くて泣いたことは何度もあったけど、殺されるということで涙を流したことはまだなかった。

殺されるってなんだろう。実感があまりない。

ぼくはだれに殺されるのだろう。

きっと、痛いにちがいない。そして死んだら、どうなってしまうんだろう。怖かった。でも、今一番、恐ろしかったのは、姉がぼくよりも取り乱していることだった。不安そうに四角い部屋の四隅に視線を投げかけて体を縮めている姉を見ると、どうしていいのかわからなくなり、ぼくは動揺する。

「姉ちゃん……」

ぼくは心細くなり、立ったまま声をかけた。姉は膝を抱えた状態で、虚《うつ》ろな目をぼくに向けた。

「みんなに七つの部屋の法則について話したの？」

ぼくは戸惑いながらうなずく。

「あなた、残酷なことをしたわね……」

いけないことだなんて知らなかったから……、そう説明したけど、姉は聞いていないようだった。

ぼくは二番目の部屋へ向かった。

二番目の部屋にいる女の人は、ぼくを見ると、安堵するように顔をほころばせた。

「もう、戻ってこなかったらどうしようかと思っていたのよ……」

弱々しい笑みだったが、ぼくは心の中が温かくなるのを感じた。コンクリートの何もない空間でだれかが笑っている顔なんてしばらく見ていなかったから、彼女のやさしい表情が光とぬくもりをともなって見えた。

でも、自分が今日中に死ぬことを知っていて、なぜそんな顔ができるのだろうかと不思議に思った。

「さっき、なにかを叫んでたのはあなたのお姉さん？」

「うん、そう。聞こえたの？」

「なんて言ったかまではわからなかったけど、たぶんそうじゃないかと思った」

それから彼女は、ぼくに故郷の話をした。ぼくの顔が、甥《おい》に似ていると言った。ここへ閉じ込められる前、事務の仕事をしていたことや、休日によく映画を見に行ったことなどを話した。

「あなたが外に出たとき、これを私の家族に渡してほしいの」

彼女は自分の首にかけていたネックレスをはずすと、ぼくの首にかけた。銀色の鎖で、小さな十字架がついていた。それは彼女にとってのお守りで、ここに閉じ込められてからは毎日、十字架を握り締めて祈っていたそうだ。

その日、一日かけて、ぼくとその女の人は仲良くなった。ぼくと彼女は部屋の隅に並んで腰掛け、壁に背中をあずけて足をだらしなく伸ばしていた。ときどき立ちあがって身振りをしながら話をすると、天井から下がっている電球が壁に巨大な影を映した。

音は部屋の中を流れる水の音だけだった。溝を見ながらふと、自分は汚れた水の中をいつも移動しているから、顔をしかめるほど臭いに違いないと思った。それで、少し彼女から体を離して座りなおした。

「なんで遠ざかるの。私だってもう何日もお風呂に入ってないのよ。鼻なんて麻痺《まひ》してるわ。……もしも外に出ることができていたら、真っ先にお風呂へ入って身を清めたかった」

口元に笑みを浮かべて彼女は言った。

話をしていても、時々、微笑《ほほえ》むことがあった。それがぼくには不思議に思えた。

「……なんで、殺されることがわかっているのに、泣き喚《わめ》いたりしないの？」

ぼくは困惑した顔をしていたにちがいない。彼女は少し考えて、受け入れたからよ、と答えた。まるで教会にある彫刻の女神みたいに、彼女の顔は寂しげでやさしかった。

別れ際、彼女はぼくの手をしばらく握り締めていた。

「あったかいのね」

そう言った。

六時になる前、ぼくは四番目の部屋に戻った。

自分の首に下がっているネックレスのことを説明すると、姉はぼくを強く抱きしめた。

やがて溝が赤くなって、先ほどまでぼくの目の前にあった目や髪の毛が溝を流れて部屋を横切っていった。

ぼくは溝に近寄り、汚れた水に浮いて流されていく彼女の指を、そっと両手ですくいあげた。最後にぼくの手を握り締めていた指だった。ぬくもりをなくして、小さな破片になっていた。

胸の中に痛みが走った。頭の中が、溝の水と同様に赤く染まっていく。世界のすべてが真っ赤になり、熱くなり、ほとんど何も考えていられなくなる。

ふと気づくとぼくは姉の腕の中で泣いていた。姉はぼくの額にはりついて乾いている髪の毛を触っていた。汚い水で濡れた髪の毛は、乾燥するとぱりぱりになった。

「うちに帰りたいね」

とてもやさしく、灰色のコンクリートに囲まれた部屋には不釣り合いな声で、姉がつぶやいた。

ぼくはうなずきを返した。

●五日目・水曜日

殺す人がいて、殺される人がいる。この七つの部屋のルールは絶対だった。本来なら、そのルールは、殺す側の人だけが知っていることで、殺される側のぼくたちは知り得ないことだった。

でも、例外が起きた。

ここへみんなを連れてきて閉じ込めている人物は、まだ体の小さなぼくを姉と同じ部屋に入れたのだ。子供だから、一人として数えなかったのだろう。あるいは、姉もまた成人していないので、姉弟でひとつのセットとして考えたのかもしれない。

ぼくは体が小さかったため、溝の中を移動し、自分たちのいる部屋以外にも他の部屋があることを把握した。そして殺す側の人が定めたルールを推測したのだ。ぼくたちが殺す側のスケジュールを知っていることを、殺す側の人は知らない。

殺す人と、殺される人、その逆転は絶対に起こったりしない。それはこの七つの部屋では神が定めた法則のように絶対的だった。

しかし、ぼくと姉は生き残る方法について考え始めた。

四日目が終わり、五日目の水曜日がやってくる。二番目の部屋から人が消え、一番目の部屋に新しい人が連れてこられる。

この七つの部屋の法則はその繰り返しだった。もうどれくらい前からそれがおこなわれているのかわからない。溝の中を何人もの死体が通りすぎていったのだろう。

ぼくは溝のトンネルを行き来して、みんなと話をしてまわる。当然、みんなは元気のない表情をしていた。それでもぼくが部屋を立ち去ろうとすると、また部屋を訪問してほしい素振りを見せた。だれもが部屋にひとりで取り残され、強引に孤独をつきつけられる。それがきっと耐えられないのだ。

「あなただけなら、そうやって部屋を移動し続けていれば、犯人に殺されずにすむわ……」

ぼくが溝のトンネルに飛びこもうとしているとき、姉が言った。

「私たちを閉じ込めたやつは、あなたがそうやって部屋を移動できるなんて知らないはずだからね。明日、この部屋にいる私が殺されても、あなたは別の部屋に逃げることができる。そうやっていつも逃げていれば、殺されずにすむわ」

「……でも、そのうちに成長して体が大きくなると、溝のトンネルを通れなくなるよ。それに、犯人だって、この部屋に二人を閉じ込めたことくらい覚えてるにちがいないよ。ぼくがいなかったら、きっと探すはずだよ」

「でも、少しの間なら生き延びられるでしょう」

姉は切羽詰まったように、明日ぼくがそうするようすすめた。しかし、それは時間稼ぎにしか思えなかった。それでも姉は、その間に逃げ出す機会が訪れるかもしれないと考えているらしかった。

そんな機会などないのだ。ぼくにはそう思えた。ここから逃げる方法など、どこにも見当たらなかった。

三番目の部屋にいた若い女の人は、死ぬ直前までぼくと話をしていた。彼女は少し変わった名前をしていて、聞いただけではどう書くのかわからなかった。そこで彼女はポケットから手帳を取り出して、弱々しい電球の下で書いて見せた。小さな鉛筆のついた手帳だった。ここへみんなを閉じ込めた人物は、どうやら手帳を取り上げなかったらしく、ポケットの中に入ったままだったそうだ。

鉛筆の先には無数の歯形があり、芯は不器用に飛び出していた。丸くなった芯を出すため、噛んで木の部分を落としたらしい。

「わたしの両親はね、都会で一人暮らししているわたしにいつも食べ物を送ってくれるの。わたしは一人娘だから、心配なのね。ジャガイモやキュウリの入った段ボール箱、宅配便屋さんが持ってきてくれるんだけど、わたしはいつも会社にいて、受け取れないの」

彼女は今も自分のアパートの前で、両親の送った荷物を抱え玄関に宅配便屋さんが立っているのではないかと心配していた。話をする彼女の目は、蛆《うじ》の塊が浮いている溝の濁った水に向けられていた。

「子供のころ、家のそばにあった小川でよく遊んだわ」

その川は、底の小石まではっきりと見える澄んだ水だったそうだ。ぼくは話を聞いていて、まるで夢の世界のようにその川を想像した。太陽の光が川面《かわも》に反射し、ゆらいでぽろぽろと崩れて輝くような、明るい世界。頭上高くまで青空が広がっている。重力に反して自分の体がどこまでも上へ上へ落ちていってしまうような、そんな果てしない空だ。

陰鬱なコンクリートの狭い部屋に閉じ込められ、溝から漂う腐臭と、電球が逆に浮き彫りにする暗闇とに、ぼくはなれはじめていたらしい。ここへくる以前にあったごく普通の世界のことを忘れかけていた。風の吹く外の世界を思い出し、悲しくなった。

空が見たい。これまでこんなに強く思ったことはなかった。ぼくは閉じ込められる前、どうしてもっとよく雲を眺めておかなかったのだろう。

昨日、二番目の部屋にいた人とそうしたように、ぼくと彼女は並んで座って話をした。

彼女もまた、泣き喚いて理不尽さに怒ったりしなかった。ごく普通に、昼下がりの公園のベンチで会話をするように話をした。それは、ここが周囲を灰色の硬い壁に囲まれた部屋だということを少しの間だけ忘れさせてくれた。

二人で歌をうたいながら、なぜ目の前にいるこの人は殺されるのだろう、とふと疑問に思った。そして、自分も同じように殺されるのだということを思い出した。

殺される理由を考えてみたが、それは結局、ここに連れてきた人が殺したかったからという、ただそれだけの結論にいつも落ちついた。

彼女はさきほどの手帳を取り出して、ぼくの手に握らせた。

「あなたがここを出ることができたら、この手帳を両親に渡してほしいの。お願い」

「でも……」

ぼくが外に出られることなんて、はたしてあるのだろうか？　昨日、二番目の部屋にいた人も、同じようにぼくが外に出ることを期待して十字架のついたネックレスをぼくの首にかけた。しかし、ぼくが外に出られる保証なんてどこにもなかった。

そう言おうとしたとき、扉の前にだれかの立つ気配がした。

「いけない！」

彼女は顔を強張《こわば》らせた。

ぼくたちは、時間がいつのまにか差し迫っていたことを知った。午後六時がおとずれたのだ。そうなる前にこの部屋から立ち去るはずだったのに、時間の経過を忘れていた。彼女は腕時計を持っていなかったし、いっしょにいる楽しさがぼくを迂《う》闊《かっ》にした。

「早く逃げて！」

立ちあがり、ぼくは咄嗟に溝の中に入った。上流の方向へ続く四角いトンネルに飛びこむ。下流の方へ行けば、姉がいる隣の部屋へ行けたはずだったが、上流への穴の方が近くにあったのだ。

ぼくが穴へ飛び込むと同時に、背後で鉄の重い扉の開く音がした。頭の中が、一瞬、熱くなる。

ここにみんなを閉じこめた人物が現れたのだ。ぼくはすでにその人物に対して、死ぬ直前にしか姿を見ることがゆるされないような、禁忌の幻想を抱いていた。およそ接近しただけでも指の先から崩れ落ちてしまうような、そんな絶対的な死の象徴として畏怖《いふ》していた。

胸の動悸《どうき》が速くなる。

トンネルを抜け、二番目のだれもいない部屋で立ちあがる。溝の中に立ったまま、深く呼吸した。渡された手帳を、床の上に置く。

今から三番目の部屋で、ぼくたちを閉じ込めた人物が、彼女を殺すのだ。そう考えて、ぼくはある考えに取りつかれていた。体中が恐怖で震える。それは危険な行為だった。しかし、ぼくはそれを実行しなければならない。

ぼくと姉は、ここから逃げるのだ。そのための方法を考えているけれど、まだ思い浮かばない。どんな手がかりでもいい、もっと姉は情報を欲しがっていた。ここから這い出て、また空を見るための取っ掛かりを探していた。

そのためには、これまでそうしたように、まだ謎《なぞ》のまま黒く塗りつぶされている部分をぼくが見て、姉に伝えるしかないのだ。

謎の部分。それは、ここにぼくたちを閉じ込めた人物の姿、そしてどのように人間を殺しているのかという殺害の手順だった。

ぼくはもう一度、引き返して、三番目の部屋を覗こうと考えていた。もちろん、あの狭い部屋の中に出てしまっては、たちまち見つかって自分も殺されてしまう。注意深く、溝の中から様子をうかがうだけである。それでも、ぼくは緊張で眩暈《めまい》がしそうになる。覗いていることがばれたら、明日を待たずに殺されるのだろう。

溝の下流側、二番目の部屋と三番目の部屋を隔てる壁に、四角い横長の穴がある。たった今、出てきたばかりのそこを前にして膝をついた。水の流れが太ももの裏側に当たり、目の前にある四角い穴へ吸いこまれていく。

深く呼吸して、音をたてないよう中に入った。水の流れはゆるやかだ。注意していれば、流されることはない。手足をつっぱれば後ろ向きにでも水に逆らって進むことができる。それはこれまでの経験で知っていた。しかしコンクリートの壁は、穢《けが》れた水のせいか、ぬるぬるした膜に覆われて滑りやすくなっている。気をつけなくてはいけない。

四角いトンネルの中で、水面と天井の間にはほとんど隙間がない。三番目の部屋で何が行なわれているのか見るためには、トンネルの中に潜《ひそ》み、水中で目を開けているしかなかった。

汚れた水の中でそうすることは気がひけたが、ぼくは目を開けた。

手足をつっぱって、体をトンネルの中に保ち、三番目の部屋へ出る直前にとどまる。全身の皮膚の表面へ水が絡みつくようにぶつかり、前方へと消えていく。濁った水越しに、ほのかな四角い形の明かりが見える。三番目の部屋にある電球のものだった。

水流の音に混じり、機械の音がする。

水の濁りのせいでよく見えないが、黒い人影が動いている。

ぼくの頰のそばを、何か腐ったものにしがみついた蛆虫の塊が流れて過ぎ去った。

もっとよく見ようと、ぼくはさらにトンネルの出口付近に近づこうとした。

手足が滑った。すぐに指先へ力をこめてふんばる。壁に付着していた滑りやすい膜が指をついた部分だけずるずると剝離《はくり》し、壁に線状の模様ができた。思いのほか水に流されたすえに、体がようやく止まる。頭が、トンネルから出てしまった。

ぼくは見た。

さっきまで話をしていた女の人が、血と肉の山になっていた。

これまで閉まっていたところしか見たことのなかった鉄の扉が開いていた。内側は平らなのに、外側には閂《かんぬき》が見える。みんなを部屋に閉じ込め、死ぬ瞬間まで一人にしておくための閂だ。

男が、いた。人間の死体とも言えないような赤い塊の前に立って、ぼくの方には背中を向けていた。もしも正面を向いていれば、すぐに気づかれていただろう。

顔を見ることはできなかったが、手に、激しく音を出している電動のこぎりを持っていた。時々、扉の向こう側から聞こえていた機械の音はこれだったのだと気づく。男は棒立ちになったまま無感動に、それを幾度も目の前に突き刺して細かくしている。その瞬間ごとに、ぱっと、赤いものが飛び散る。

部屋中が、赤い。

不意に、電動のこぎりの音が部屋の中から消えた。ただ溝を流れる水の音だけが、ぼくと男の間にあった。

男が、振り返ろうとした。

ぼくは滑るトンネルの壁に爪をたて、あわてて後退する。男に気づかれてはいないと思う。しかし、一瞬でも遅れていたら目があっていただろう。

二番目のだれもいない部屋に戻った。しかし、そこも安全とは言えなかった。新しく人が入れられるため、いつ扉が開けられるかわからない。置いていた手帳を拾い、一番目の部屋に向かった。三番目の部屋を通り抜けて姉のいる部屋に行くことは不可能だったからだ。

一番目の部屋に閉じ込められている女の人のそばに並んで座った。

「何を見たの？」

ぼくがあまりにもひどい顔をしていたのだろう。彼女は尋ねた。昨晩のうちに連れてこられていた、一番、新しい住人だ。すでにこの七つの部屋の法則は説明していたが、たった今、見たことを説明することができなかった。

三番目の部屋の女性に渡された手帳を開き、中を読む。水の中をくぐったのでページ同士がぬれてくっつき、めくるのに苦労した。紙はしわくちゃになっていたが、文字は判読できた。

両親に向けて長い文章が書かれていた。「ごめんなさい」という言葉が繰り返しあった。

●六日目・木曜日

あの男に会ってしまうのが恐ろしくて、四番目の部屋に戻ることができなかった。一晩、一番目の部屋で過ごした。その部屋にいた女の人はぼくがいることを心から歓迎し、朝食の食パンを多くくれた。それを食べながら、姉が心配しているにちがいないと思っていた。

ようやく姉のいる部屋に戻る決心がついて、溝のトンネルをくぐると、二番目の部屋に新しく人が入れられていた。最初にぼくを見た人が例外なくそうであるように、その女の人も驚いていた。

三番目の部屋は空っぽで、血も掃除されていた。ぼくは、昨日いっしょに話をした人の存在を少しでも匂わせるものを探したが、何も見つからない、空虚なコンクリートの部屋だった。

四番目の部屋に戻ると、姉がぼくに抱きついた。

「見つかって殺されたのだと思ってた！」

それでも姉は、食パンを食べずにぼくを待っていてくれた。

今日、六日目の木曜日、ぼくと姉が殺される番のはずだった。

ぼくは、今まで一番目の部屋にいたことや、食事をわけてもらったことなどを説明した。姉に申し訳なくて、食パンをぜんぶ食べてもいいよぼくはもう食べたから、と言うと、姉は目を赤くして、馬鹿ね、と言った。

それから、三番目の部屋の人が殺されるとき、溝の中に隠れて犯人の顔を見ようとがんばったことを説明した。

「なんて危ないことするの！」

姉は怒った。しかし、話が扉のことになると、だまって真剣に聞いた。

姉は立ちあがり、部屋の壁にはまっている鉄の扉を手で触った。強く、一度だけ拳で叩く。部屋に、重い金属の塊とやわらかい皮膚のぶつかる音が響いた。

取っ手も何もない扉は、ほとんど壁と同じだった。

「……本当に扉の向こう側は閂だったの？」

ぼくはうなずいた。扉は部屋の内側から見て、右側に蝶番がはまっている。部屋の内側に開き、溝に潜んでいたぼくからはしっかりと扉の表側が見えた。横へスライドするタイプの頑丈そうな閂が、確かにあった。

ぼくはあらためて扉を眺める。壁の中央ではなく、左手よりに扉が取りつけられている。

姉は怖い顔で扉を睨《にら》みつけていた。

姉の腕時計を見ると、もう昼の十二時だった。夕方、犯人がぼくと姉を殺しにくるまで、あと六時間しかない。

ぼくは部屋の片隅に座って、渡された手帳を眺めていた。両親のことが書かれていたので、ぼくも親に会いたくなった。みんな、心配しているはずだった。家で夜、眠れないとき、母がよくミルクをレンジで温めてくれたことを思い出す。昨日、汚い水の中で目をあけたためか、涙が流れると痛んだ。

「このままじゃすまさない……、このままじゃ……」

姉は静かに、憎しみのこもった声を扉に向かってつぶやき続けていた。手が震えていた。振り返ってぼくを見たときの姉の顔は、壮絶で、目の白い部分が獰猛《どうもう》に光っているように見えた。

昨日までの力がこもっていない瞳ではなかった。まるで何かを決心したような表情だった。

姉は再度、犯人の体格や持っていた電動のこぎりについてぼくに問いただした。犯人が襲いかかってきたとき戦うつもりなのだ、とぼくは思った。

男が使っていた電動のこぎりは、ぼくの背丈の半分ほどもあった。地響きのような音をたて、刃の部分が高速で回転する。姉は、そんなものを持った男と、どうやって戦うのだろう？　でも、そうしなければぼくたちは死ぬのだ。

姉は腕時計を見る。

じきに、あいつがやってきて、ぼくたちを殺す。それが今いるこの世界でのルールなのだ。必ず訪れる、絶対の死。

姉は、溝をくぐってみんなと話をしてくるようぼくに言いつけた。時間はすぐに過ぎ去る。

溝の中を、これまでどれくらいの人の体が漂って流れたのだろう。ぼくはその穢れた水の中にもぐり、四角いコンクリートの穴を通り抜け、部屋を移動した。

ぼくと姉のほかに、あの男に閉じ込められているのは五人だった。その中で、溝の水が赤く濁り、かつて人間だったいろいろな破片が流れていくのを見た者は、ぼくたちの部屋より下流にいる三人だ。

部屋を訪ね、挨拶をする。みんな、今日がぼくと姉の番であることを知っている。口元を押さえて悲しんでくれる。あるいはやがて自分もそうなるのだと絶望した顔をする。ぼくだけでも別の部屋に移動して逃げていればいいとすすめる人もいた。

「これを持って行って」

五番目の部屋にいた若い女の人は、白いセーターを、パンツだけのぼくに手渡した。

「ここ、暖かいからセーターは必要ないの……」

そしてぼくを強く抱きしめた。

「幸運が、あなたとお姉さんに訪れますように……」

そう言うと彼女は喉を震わせた。

やがて、六時が訪れようとしていた。


ぼくと姉は、部屋の角に座っていた。そこが扉から一番、遠い場所だった。ぼくが角に座り、姉はそんなぼくを壁とはさみこむように座っている。ぼくたちは足を投げ出していた。姉の腕がぼくの腕に当たり、体温が伝わってくる。

「外に出たら、まず何をしたい？」

姉が尋ねた。外に出たら……、そのことはこれまであまりにも考えすぎて、答えがありすぎた。

「わからない」

でも、両親に会いたい。深呼吸をしたい。チョコレートを食べたい。したいことは無数にあった。たぶん、それが叶《かな》ったら、ぼくは泣き出すと思う。そう姉に伝えると、やっぱり、という表情をした。

ぼくは腕時計をちらりと確認した。それから、姉が部屋の電球を見ていたので、ぼくもそれを見た。

この部屋に閉じ込められるまで、ぼくと姉は喧嘩ばかりしていた。どうしてぼくには姉なんて生き物が存在するのだろうかと考えたこともある。毎日、罵り合って、お菓子が一人分だけあれば奪い合った。

それなのに今こうしていると、ただそこにいるというだけで、力強くなってくる。腕を伝わってくる熱い体温が、この世界にいるのはぼく一人じゃないんだと宣言してくれる。

姉はあきらかに、他の部屋にいた人たちと違っていた。今まで考えたこともなかったが、ぼくがまだ赤ちゃんのころから姉はぼくのことを知っていたのだ。それは特別なことのように思う。

「ぼくが生まれてきたとき、どう思った？」

そう質問すると、姉は、急に何を言い出すのだろう、という顔でぼくを見た。

「何これ、って思ったわ。最初に見たとき、あんたはベッドの上にいたのよ。とても小さくて泣いていたの。正直、私に何か関係あるものだとは思えなかったわね」

それからまた、しばらく沈黙する。会話がないのではなかった。電球が淡く浮かび上がらせるコンクリートの箱の中、水の音だけが静かに流れて、とても深い部分でぼくと姉は言葉を交わしていた気がした。死ぬ、ということが隣り合わせに迫っている中で、心の中が冷静に、まるでゆらぎもしない静かな水面のようになっていく。

腕時計を見る。

「用意はいい？」

姉が深呼吸して、聞いた。ぼくはうなずき、神経を張り詰める。もうすぐだった。溝の中をただ水が流れている。その音のほかに何かが聞こえないか、ぼくは耳をすませた。

その状態で数分が過ぎたとき、遠くから、いつも聞こえていた靴の音がぼくの鼓膜を小さく震わせた。姉の腕を触り顎《あご》をひいてもう時間なのだということを伝えた。ぼくが立ちあがると、姉も腰をあげる。

靴音がこの部屋に近づいてくる。

姉の手がやさしくぼくの頭に載せられ、親指がそっと額に触れた。

静かな、それは別れの合図だった。

姉の下した結論。それは、電動のこぎりを持った男と戦っても、所詮《しょせん》は勝ち目がないということだった。ぼくたちは子供で、相手は大人だったのだ。それは悲しいことだけど、事実だった。

扉の下の隙間に影が落ちる。

ぼくの心臓は破裂しそうだった。喉の奥から体内にあるすべてのものが逆流するように思えた。心の中が、悲しみと恐怖でいっぱいになる。ここに閉じ込められてからの日々が頭の中に蘇り、死んでいった人たちの顔や声が反響する。

扉の向こう側で、閂の抜かれる音。

姉は、扉から一番離れた部屋の角を背にして、片膝をついて待ち構えている。ちらりと、ぼくのほうを見た。これから死が訪れる。

鉄の扉が重く軋《きし》み、開かれると、男が立っている。部屋に入ってきた。

しかしぼくには、顔がよく見えない。ぼんやりと、その男は影のようにぼくの目には映った。死を司《つかさど》り、運んでくるただの黒い人影である。

電動のこぎりが始動する音。部屋中が激しく震動するような騒々しさに包まれる。

姉は部屋の角で両腕を広げ、背後を決して見せまいとする。

「弟には指一本、触らせない！」

姉が叫ぶ。でも、ほとんどその声はのこぎりの音でかき消された。

ぼくは恐ろしくて、叫び出したかった。そして、殺される瞬間の痛みを想像した。激しく回転する刃に削られるとき、何を考えさせられるのだろう。

男は、姉の体の陰から見え隠れしているぼくの服を見た。のこぎりを構えて、一歩、姉に近づく。

「こないで！」

姉は両腕を突き出し、背中をかばって叫んだ。あいかわらず声はかき消されたが、そう叫んだはずだった。なぜなら事前に、そう言うことを決めておいたからだ。

男がさらに姉へ近づき、回転するのこぎりの刃を姉の突き出した手にぶつけた。

一瞬、血のしぶきが空気に撒《ま》き散らされる。

もちろん、すべてはっきりと見えたわけではなかった。男の姿も、姉の手が破裂する瞬間も、ぼくにはぼんやりとしか見えなかった。なぜなら濁った水越しにしか、部屋の中の様子を見ることができなかったからだ。

ぼくは隠れていた溝のトンネルから這い出し、犯人が開け放していた扉から出た。

扉を閉めて、閂をかける。

部屋の中にあった電動のこぎりの音が、扉にはさまれて小さくなる。部屋の中には、姉と、犯人の男だけが残った。

姉がぼくの頭に手を載せ、親指でそっと額に触ったときが、ぼくたちの、別れの合図だった。ぼくは次の瞬間、急いで溝の上流側のトンネルに足から体を潜ませていた。上流側に隠れたのは、下流側よりも扉に近かったからだ。

姉の考えた賭けだった。

姉は部屋の角で、ぼくの服だけを背中にかばうようにして犯人をひきつける。その間にぼくは、扉から出る。ただそれだけだ。

ぼくの服は、本当に中身があるようにみせかけなければいけなかった。そのため、みんなからそれぞれ服をわけてもらい、中につめた。本当に小手先の騙《だま》しで、通じるのかどうか不安だったけど、数秒間ならきっと大丈夫だと姉は勇気づけた。ぼくをかばうように演技しながら、姉はその服のかたまりをかばっていたのだ。

姉は、扉から一番、遠い位置で構え、犯人をおびき寄せる。溝のトンネルから這い出すぼくの方を犯人が見ないように注意もひきつけておく。

犯人が姉にのこぎりの刃を当てようと充分に近づいた瞬間、ぼくは溝から出て、立ちあがり、扉から出る……。

閂をかけた瞬間、全身が震えた。殺されようとする姉を残して、ぼくは一人だけ、外に出たのだ。姉はぼくを逃がすために、あの電動のこぎりから逃げ惑うことなく、部屋の角で演技し続けたのだ。

閉ざした扉の向こう側で、電動のこぎりの音がやんだ。

だれかが内側から扉を叩く。姉の手は切られたから、きっと、犯人の男だろうと思った。

もちろん、扉は開かない。

中から、姉の笑い声が聞こえた。高く、劈《つんざ》くような声だった。いっしょに閉じ込められて戸惑っている犯人へ向けた、勝利を示す笑い声だった。

それでも姉は、おそらくこの後で男に殺されるのだろう。二人だけで部屋に閉じ込められたのだから、これまでにない残忍なやりかたで、殺されるにちがいない。

それでも姉は、ぼくを外に逃がすことで、犯人を出し抜いたのだ。

ぼくは両側を見た。おそらくここは地下なのだろう。窓のない廊下が続いている。一定の距離をおいて、暗闇を照らす電灯と、閂のかけられた扉が並んでいる。扉は全部で七つあった。

四番目以外の扉の閂を外して開けていった。三番目の部屋にはだれもいないはずだったが、同じように開けた。その部屋でも多くの人が殺されたのだから、そうしなければいけない気がした。

中にいた人々は、それぞれぼくの顔を見て、静かにうなずいていた。だれひとり、素直に喜ぶ人はいなかった。この計画のことは、みんなに話している。ぼくが外に出ることができたということは、今、この瞬間に姉が殺されかけているということだ。それを、みんなは知っている。

五番目の部屋から出た女の人は、ぼくを抱きすくめて泣いた。それからみんなで、ただひとつ閉ざされたままの扉の前に集まった。

中から、まだ姉の笑う声が聞こえてきた。

電動のこぎりの音が再開する。男は、鉄の扉をのこぎりで切ろうとしているのか、金属の削れる音が響く。しかし、扉が切断される様子はない。

扉を開けて姉を助けようと言うものはだれもいなかった。事前に、姉がぼくの口を使ってみんなに説明していた。きっと犯人から返り討ちされるだけだろうから、部屋から出られたらすぐに逃げなさい、と。

ぼくたちは、姉と殺人鬼の閉じ込められた部屋を残して立ち去ることにした。地下の廊下を抜けると、上りの階段が見えてくる。それを上がったところは太陽の輝く外の世界のはずだ。薄暗く、憂鬱《ゆううつ》で、寂しさの支配する部屋からぼくたちは脱出するのだ。

ぼくは涙がとまらなかった。首から十字架のついたネックレスを下げ、片手に両親への謝罪が書かれた手帳を持っている。そして手首には、姉の形見である腕時計をはめていた。防水加工されていない腕時計で、水の中に隠れたとき、壊れてしまったのだろう。針はちょうど午後の六時を指したまま動くのをやめていた。

SO-far そ・ふぁー

SO (significant other)

1 〔社〕重要な他者（親、仲間など）

2 《米略式》配偶者、恋人（略：SO）

far

《距離》遠くへ［に］、（遠く）離れて

『プログレッシブ英和中辞典（第3版）』（小学館）より

1

今はぼくも少しだけ成長した。小学校に入学してもうすぐ中学生になる。だからあの当時の不思議な状況のことを昔とは違った目で見ることができる。何せあの頃のぼくといったら幼稚園に通っているほんの子供だった。何もかもが不安で心細かった。ぼく以外の人間はみんな大きくて話をするためには見上げないといけなかったし、大人が腰に手をあてて呆れた顔を向けると自分は何かまちがったことをしでかしたんじゃないかと心配になった。だから大人に説明しようとしてもうまいことできたためしはなかった。

昔、ベッド下の明かりが届かないところには何かが住んでいる気がした。立てた鉛筆に手を触れず「たおれろ」と念じれば本当に倒れると思った。そういったもののほとんどは結局のところありえなかったけど、まったく無いというわけじゃない。ぼくは科学が好きだけど、世の中にはそれで解明できない不思議なものはあるのだ。

幼稚園に通っていたころのことだ。すでに細かい記憶はぼんやりとしているけどあのことは後から何度も繰り返し思い出していたし人からたずねられることも多かった。だから案外よく覚えている。

ぼくには父と母がいて三人暮らしだった。住まいはアパートの二階だったと思う。小高い丘の上にあって町の光景が窓から見下ろせた。立ち並ぶマンションの間を縫うように電車が通り抜ける。そんな景色を眺めるのが好きだった。

居間とキッチンがあってその他の部屋が二つくらいあった。柱にはぼくの描いた父の絵が飾ってあり幼稚園の帽子や鞄がかけられていた。

両親のことが好きだった。ぼくはババ抜きしかできなかったけど三人でよくトランプをやったし家の中でかくれんぼもやった。キッチンのテーブルでごはんを食べた後は居間のソファーに腰掛けて話をした。

居間にあった灰色のソファーは、うちにあった家具の中でもっとも重要なものじゃないかと思う。これに座ってテレビを眺めたり本を読んだりうたたねをするわけだ。うちにあった団欒《だんらん》というものの正体は、この弾力を持ったやわらかいソファーだった。まずはソファーが最初にあり、次に低いテーブルやテレビがそろえられていたんだ。

いつもぼくが真ん中に座った。

母の席はぼくの左手側、台所に近い方だ。ぼくや父が飲み物を催促すると立ちあがってパタパタとスリッパを響かせすぐにジュースやビールを持ってくることができた。

父はぼくの右に座った。そこがテレビを見るために一番いい角度だった。それにクーラーの真下だったから暑がりの父はそこで涼しい思いをしていたのだ。

ぼくは足をぶらつかせながらソファーに座り幼稚園であったできごとを話した。ちょうど両側から笑顔の母と父の顔がぼくを見ているわけである。

それがいつのまに起こってしまったことなのか最初はわからなかった。気づくとそうなっていた。

ぼくと父が居間のソファーに座っていた時だ。父はどことなく暗い顔をしてテレビを見ていた。背中を丸めて組んだ手の上に顎《あご》を載せていた。

テレビでは怪奇現象に関する番組が流れていた。怖い番組なのは知っていたけどなぜかいつも見てしまった。その日の番組内容は交通事故に遭った人が死んでしまったことに気付かず幽霊になって家へ帰ってきてしまうというものだった。

母が扉を開けて居間に入ってきた。父と同じような浮かない顔だった。

「あら、一人でテレビを見ているの？」

ぼくに向かって母が言った。それが普通の調子だったので聞き逃すところだった。

確かに「一人で」と母は言った。

ぼくは奇妙に思い隣に座る父を見た。自分が無視されたことを怒ってしまうんじゃないかと思った。けれど母が居間に入ってきたことにも気づいていない様子だった。

「やだあ、何もないところを見て、いったいどうしたっていうの？」

母が本当に不思議そうな顔をした。だからぼくは不安になった。

そのうち父は静かにソファーから立ち上がり居間を出た。ぼくや母の方を一度も振り返らなかった。ぼくは困惑した。何かが微妙におかしかったが、その原因がわからなかった。きっと泣きそうな顔をしていたのだと思う。母がトランプを取り出して「一緒にババ抜きしようね」と微笑んでくれた。ぼくは最初のうち落ち着かなかったけど母が笑ったのであぁ大丈夫なんだなあと安心した。

しばらく母と遊んでいると父が居間に戻ってきた。

「なんだ一人でトランプなんかやって……」

そして父はぼくを手招きした。

「今日は外食にしような」

ソファーからおりて父のもとに駆け寄った。振り返ると母がカードの束を持ったまま「どこへ行くの？」といった顔でぼくを見ていた。

母もいっしょに外食するのだと思っていたけど違った。父はぼくが居間を出るなり電気を消してパタンと扉を閉めたのだ。まだ中に母がいるというのに。

父と二人でファミリーレストランにいる間、居間に残してきた母のことが気がかりだった。

「これから生活が大変になるな……」

父がそうつぶやいた。

次の日の夕ごはんも不思議だった。母は自分とぼくの分しかおかずを用意しなかった。お皿やお箸もキッチンのテーブルに二人分だけだった。

一方で父はまるで母の料理なんて最初から見えていないようにコンビニでお弁当を買って帰ってきた。袋に入ったそれらを居間にある低いテーブルの上に広げた。

ぼくの分のお弁当もあった。

ぼくはキッチンで母に聞いてみた。

「どうしておとうさんの分はないの？」

「え？」

母は息を呑むようにしてぼくを見た。母があまりに唖然《あぜん》とするものだから、言ってはいけないことを口にしてしまったんじゃないかと思いぼくは怖くなった。それで繰り返して問い掛けるのをためらった。

「おーい、何やってるんだよ。おまえ、どっちの弁当がいい？」

居間の方から父の声が聞こえてきた。母に呼びかけるときと、ぼくに呼びかけるときとでは、微妙に声の高さが違うので、それがぼくへの質問であることがわかった。

キッチンを出て、居間に移動した。父はネクタイを外している途中だった。

「……どうしておかあさんの食べるお弁当がないの？」

そうたずねると父は手を止めてまじまじとぼくを見た。やっぱりこの質問はしてはいけないのだなあと思った。

ぼくは両方に気を利かせなくてはならないと感じてキッチンと居間を何度か往復した。母の料理を少し食べたら今度は居間に移り弁当を食べる。それを繰り返した。

両方とも半分ずつ残してしまったけど怒られはしなかった。ごはんの時間が済むといつもの通りぼくはソファーの真ん中に座った。左手に母が、右手に父が座った。二人は静かにテレビを見ていた。数日前に起こった列車事故のことが報道されていた。

これまでならお互いに楽しい話をしてぼくが笑い転げる時間だった。しかしその日、両側に座る二人はだまりこんでいた。何か恐ろしい事情があってぼくたち三人の間におかしなずれが生じていた。それが何なのかと考えていると母がぼくを振り返った。深刻な顔でしばらくぼくを見つめた。

「ねえ、お父さんが死んじゃってこれからは二人暮らしになるけどがんばろうね」

ぼくはその意味がよくわからなかった。ただ、あまりに母の声は真面目なものだったから本当に怖くなった。戸惑っていると母は「大丈夫だから」と微笑んで頭をなでてくれた。

今度は父がぼくを振り返った。母など存在していないように、ぼくの瞳だけをまっすぐに見た。

「母さんの分も強く生きような……」

見えていないのだ、とそのとき気づいた。父には母が見えていない。母には父が見えていない。ぼくを挟んだ向こう側にはだれもいないと、父と母の両方が思っているのだ。

二人の話から、父と母のどちらかが死んだのだとぼくは理解した。そして父は母が死んだと思いこみぼくと二人暮らしをしていると錯覚している。逆に母は父が死んだと信じている。

だからお互いが見えていないし話も聞こえない。それぞれに見えているのはぼくだけだった。

2

そのころは言葉をあまり知らなかったから思ったことを明確に父母へ伝えることができていなかった。ぼくには二人の姿が見えるのだということを説明したけど最初のうちまともに取り合ってもらえなかった。

「ねえ、あっちのへやにおとうさんいるよ」

キッチンで皿洗いしている母のエプロンを引っ張ってぼくはそう主張してみた。居間のソファーで父は新聞を読んでいた。

「はいはい……」

母は最初のうち軽く頷いただけだった。ぼくが同じ言葉を繰り返すと母はしゃがんで目線をぼくと同じ高さに持ってきた。正面からまっすぐにぼくの目を見た。

「つらいのはわかるけど……」

真面目な声で母はぼくのことを心配した。そうなるとぼくはまるで自分の頭がおかしいような気がして、この問題に触れてはいけないのではないかと思った。

それでもぼくはこのおかしな状況について何度も説明を試みた。

ある夜、三人でソファーに座っていた。「三人で」というのはぼくから見た場合である。母と父はお互いに、ぼくと二人だけでソファーに座っているものだと考えているようだった。

「おかあさんは今、青いセーターを着ているよ」

右手にいる父へぼくはそう言ってみた。両側から二人がまじまじとぼくの顔を見た。

「なに、気味悪いこと言ってるんだよ……」

父が眉《まゆ》をひそめた。父にとっては母の姿など見えていないからわけがわからないといった顔をしていた。

「ええ、着てるわよ、それがどうかした？」

母もまた不思議そうな顔でぼくを見た。

「ぼくには二人とも見えるんだよ。おとうさんも、おかあさんも、みんなこの部屋にそろっているんだ」

そう言うと両側から困惑したような視線が向けられた。

何度かそういうことがあった。最初は取り合わなかった二人も、次第に、ぼくの言葉へ耳を貸すようになっていった。

お菓子の袋が開かないからと、母が鋏《はさみ》を探していたときのことだ。

「お父さん、鋏をどこに置いたのかしら。目立つところに出してから消えてくれればいいのに」

母がぶつぶつと文句を言いながら、鉛筆からガムテープまでひとまとめに放りこんでおく居間の戸棚を漁《あさ》っていた。父は居間のソファーで足を組んでいたのだけど同じ部屋にいても母の姿は見えていないようだった。そこでぼくは父に鋏をどこに置いたかをたずねた。

「……たしかキッチンにある戸棚の引き出しに入れたと思うよ」

父がそうぼくに言った。ぼくはその言葉を同じ室内にいる母へ伝えた。

「キッチンの戸棚の引き出しだって。そうおとうさんが言ってるよ」

確かに鋏はその場所にあった。そのようなことが頻発して、父と母はそれぞれぼくの話を信じるようになっていった。

「ぼくにはおとうさんが見えるんだ。声もきこえるんだよ」

戸惑いながら母はぼくの言葉に頷いてくれた。

「おかあさんはちゃんとここにいるよ。だから、ぼくとおとうさんは、二人だけじゃないんだよ。おかあさんに言いたいことがあったら、ぼくがかわりに言ってあげる」

父にぼくがそう言うと、父はうれしそうに頷いた。そうだね、本当にそのようだね、と言いながらぼくの頭をなでた。

ぼくが二人の会話を中継する日々がそうしてはじまった。それは案外、楽しいものだった。

三人でソファーに並び同じテレビ番組を見た。

「わたしは旅番組がいい」

母が言うとぼくはすかさず父にそれを伝えた。

「おかあさんはちがうのがいいって。旅のやつがいいって」

「刑事ドラマでがまんしろよって母さんに言って」

父が画面から目を離さずに言った。

「おとうさんはチャンネルをかえたくないんだって」

そう伝えると、あーあ、と言って母は立ちあがりキッチンに消えた。

ぼくはクスクスと笑った。ずっと以前は毎日がこんな調子だったからおかしかった。父母が話をするためには、ぼくが間に入らないといけないけど問題はなかった。

ぼくたちは三人なんだなあということが改めてわかった。そんなとき部屋の中が温かくなって楽しい気分になった。


母と父、それぞれのいる世界のことを当時よく考えた。それぞれから聞いた話では、二人は列車事故に巻き込まれかけたそうだ。いや、これは少しややこしいけど、二人ともしっかり巻きこまれて死んでしまったのだとも言えるらしかった。

何かの用事で親戚の叔父さんへ届けものをしなくちゃいけなかったそうだ。それである朝、二人はじゃんけんをした。負けた方が電車に乗って叔父さんの家に行ったそうだ。

二人の話では、じゃんけんをした後が食い違った。母のいた世界では父が負けて列車に乗ったそうだ。しかし父のいた世界では母が叔父さんの家に向かったそうだ。電車は事故を起こした。それで母のいた世界では父が、父のいた世界では母が、死んでしまったらしい。それぞれの残された方はぼくと二人暮らしになったのだと思いこんだそうだ。

でも、生き残った父母のそれぞれの世界はまるで半透明の写真が重なったようにぼくを接点としてつながっていた。ぼくは二人の世界を両方とも同時に見ることができた。それが少し誇らしかった。父と母の連結役に抜擢《ばってき》されたようだった。

父が扉を開けて入ってきたとする。もしも父の姿だけが見えないのであれば母の目には扉がひとりでに開いたり閉じたりするように見えるはずだ。でも実際には、扉の動きなどには気づかなかった。ぼくが言ってあげることで、あ、そういえばいつのまにかこうなってるわね、と母は知ることができるのだ。

母がキッチンで洗い物をしている。それを見ても父の目にはだれかが洗い物をしているようには映っていない。自分のいる世界において説明のつかないことはちょっとのことでは気づかないようになっているらしい。

食事はあいかわらず二人とも別々だった。母は料理を作り、父はお弁当を買ってそれを食べた。

「おとうさん、このカレーライス見えないの？」

ぼくは母の作ったカレーの皿を父の前に差し出して言ってみた。しかし父には何も見えないらしくただ戸惑うようにぼくを見つめ返すだけだった。

「今日、会社で変な電話があってね……」

父が部屋の何もない場所に向かって母に話しかけることがあった。母は父のすぐ背中側に立っていたのだが、それが見えないため、てきとうな方向に向かって話しかけるのが常だった。母には父の声が聞こえないのでぼくがその話を伝えた。おかしな具合だねとぼくは二人へ言った。

でもどちらかはすでに死んでいるんだということを考えると悲しい気持ちになった。父の生きている世界と母の生きている世界、それぞれがちょうど合わさったところでぼくは宙ぶらりんになっていた。

最初、二人がそれぞれ話をしなくなったときはどうなってしまったのかわからなくて不安だったが、今は大丈夫だった。ソファーの上で父と母にはさまれているとぼくはほっとして眠たくなった。

けれどこのままでいいはずがないことは幼心《おさなごころ》にもわかっていた。そのうちぼくはどちらかの世界を選ばないといけないんじゃないか。そのことが心の隅にあった。

3

最初がそうだったように、いつのまにそうなっていたのかわからない。あるとき気づいたら父と母が喧嘩になっていた。もちろんそれは幼稚園で時々見たようなつかみ合いの喧嘩じゃなかった。

夕ごはんを食べた後、三人でソファーに腰掛けていた。テレビを見ながらぼくは

二人の話を半ば無意識に繰り返していた。しばらくそういう生活が続いていたから
ぼくは会話の中身を考えずオウムのように話を繰り返すことができるようになって
いた。

テレビでぼくの好きなアニメをやっていたからすっかりそれに夢中だった。ソフ
ァーの上で腹ばいになり顎を両手で支えていた。行儀が悪いと母に怒られることが
あったけどその格好が好きだった。

突然、父が新聞を叩きつけるようにテーブルへ置いた。二人の声が険悪な調子を
帯びていた。それではじめていつのまにか父母の機嫌が悪くなっていることに気づ
いた。二人がお互いを傷つけるような話をしていたのに、ぼくはそんな内容に気づ
かないでいつものように伝言していたのだ。

母が立ちあがり寝室の方へ歩いて行った。

「おかあさん部屋にいっちゃったよ」

「放っておけ」

父は短くそう吐き捨てた。ぼくは不安になりアニメのことをすっかり忘れてしま
った。仲直りしてほしかった。ソファーに座ってぼくの両側にいてくれないと本当

には楽しくなかった。

「おい」しばらくして父がぼくを呼んだ。「母さんに言ってこい」

「なんて言えばいいの？」

「お前が死んでくれていて、本当に良かった！　って伝えてこい」

父は怖い顔をしていた。ぼくは嫌だったけど言ってこなければ叱られると思った。

それで母のいる部屋に向かった。

母は寝室の布団に寝転がって何かを考えているようだった。ぼくが扉を開けると上半身を起こした。

「おかあさんが死んでいて良かった、だって……。そう、おかあさんに言ってこいって……」

ぼくは母にそう言いながら泣きたくなるのを我慢した。押し黙って母はすすり泣くように涙を拭った。大人が泣くのを見たことがなかったからぼくは怖くなった。立ちすくんでどうすればいいのかわからなかった。

「じゃあおとうさんにこう伝えて……」

今度は母が父あての悪口をぼくに託した。いくつかわからない言葉があってその場でぼくは練習させられた。ぼくは子供だったけどそれが酷《ひど》い言葉だということは漠然とわかった。

「もういやだよ、やめようよ」

すがりついたけどだめだった。

「ちゃんと伝えてくるのよ！　わかった!?」

ぼくはその後、郵便配達人のように母のいる寝室と父のいる居間を何度も往復した。嫌な言葉を繰り返し覚えさせられて口に出すことを強要された。

言葉を伝えるたびに父母はぼくをにらみつけた。まるでぼくの中に憎い相手がいるとでもいうような瞳だった。怒鳴り声はぼくへむけられてまるで自分が罵られているようにも思えた。

最初のうち悪口を運ぶたびに大きな塊を喉の奥から引き出さなくちゃいけない気がした。でもそれを繰り返していると頭の中がじんじんしてきて次第に何も感じなくなった。一切の声が聞こえなくなったような気がしていたけど郵便配達の役目は問題なく行なっていたようだから今となっては不思議である。

口は自動的に録音と再生を繰り返すテープレコーダーになっていたけど涙だけは

出続けていた。父も母も好きだったから酷い言葉なんて言いたくなかった。

喧嘩は一時間くらいで終わった。

またみんなでいっしょに居間のソファーへ座ってほしかったけどそう提案することができないでびくびくしながらソファーで待った。父は興奮した顔を洗いに居間を出て洗面所へ向かった。もうそのころには心が落ち着いていたみたいで父はどこか放心したような様子だった。

その間に母が居間へきた。ぼくは二人の喧嘩がまたはじまったらどうしようと心配しながら顔を見つめていた。するとちょっと戸惑いながらぼくの隣に座った。ソファーが母の重みでへこみ、ぼくの体はそちらの方へかくんとゆれた。

「さっきはごめんなさい……」

母はそう言うと頭をなでてくれた。その後ぼくは父がくるはずの扉をずっと眺めていた。そうやって監視して父が部屋に入ってきたらすぐに母へ伝えようと思っていた。でもなかなかやってこなかった。

母が立ちあがりキッチンへ向かった。その背中を目で追いかけた瞬間、ぼくのすぐとなりで雑誌をめくる音がした。

いつのまにか右手に父がいた。扉をずっと監視していたはずなのに入ってきたのがわからなかった。父は煙草を吸っていた。ぼくは煙草の煙が苦手でそれを吸いこむとすぐにいやな気分になった。でも父がとなりにいたことを知る瞬間までぼくは煙の臭いにも気づかず普通に空気を吸っていた。

不思議な気持ちで顔を見ていると父が眉をひそめた。

「さっきはいくら呼んでもおれの方を見なかったくせに」

そう言うとさっきの母と同じようにぼくの頭をなでた。確かにその手は存在して温かかった。なぜぼくは父のいたことに気づいていなかったんだろうと不思議に思った。

考えながら母が戻ってくるのを待った。けれど母はなかなかキッチンから帰ってこなかった。部屋にはぼくと父だけがいてテレビでは歌の番組が流れていた。

「明日の予定を母さんにたずねてみてくれないか……？」

まだ喧嘩をした直後だったから父の言葉は様子をうかがうような感じだった。ぼくは立ちあがって母の消えたキッチンの方へ向かった。

扉を開けて母の姿を探した。しかし水道の蛇口から水滴が落ちているだけでそこには誰もいなかった。キッチンからどこかへ行くためには必ず居間を通らなくてはいけないはずだった。だからそこにいないのはおかしかった。

疑問に思いながら居間へ戻ると母がソファーに座っていた。どのようにすれ違ったのかわからなかった。しかしさきほどまで誰もいなかった場所でまるでずっと前からそうしていたかのように母はコーヒーカップを傾けていた。

そして父がさきほどまでいたはずの場所には誰もいなかった。灰皿も吸いかけの煙草も部屋に充満していた煙も消えていた。

ぼくは質問することも忘れて母の顔を見た。

「なに？　どうかした？」

母が首を傾《かし》げてぼくに聞いた。母はどうやら、すでにキッチンから戻ってきていたらしい。

ぼくはそのときようやく理解した。さきほどからずっと母はそこに座っていたのだ。いや、母だけじゃない。ぼくの両側に二人ともいたのだ。そして、ぼくはその二人のうちどちらか一方しか見えていなかったのだ。

ぼくはいったん居間を出てもう一度、居間に入ってみた。母の座っていたところには誰もいなくなっていた。ソファーのへこみすらなかった。かわりに別の場所で父が出現していた。それでぼくはほとんど確信した。

ソファーに座りしばらく目を閉じてみた。右手にあった吸いかけの煙草が消えて左手にいままでなかったはずのコーヒーカップが出現した。

言葉も一度に二人の声は聞こえなくなっていた。父の世界と母の世界が離れ始めているということをぼくは知った。

どちらかといればもう片方の存在はまったく消えてしまうのだ。扉が動いたことも目の前を横切ったこともなかったことになってしまう。

ぼくはもうそれぞれの世界の重なった部分にいるわけではなくなっていた。ただ離れ始めた二つの世界を行ったり来たりしているに過ぎなかった。

悲しくなってその夜ほとんど二人と話をしなかった。もう三人が一度にソファーへ座っていられることはなくなったのだ。

ぼくはこのことをすぐには言えなかった。だまりこんだぼくを母が心配してなでてくれた。その間ぼくはやがてくる別れのためにどちらかを選ばなくてはならないと思っていた。

4

次の日、ぼくの記憶では確か土曜日だったと思う。外を見ると曇り空で雨が降りそうな気配だった。

母はどこかへ出かけていて父だけがソファーで新聞を眺めていた。本当に母がいないのか確信をもてずに部屋中を探してみた。もしも父と同じ部屋にいるのなら二人を同時に見ることはできないわけで本当はそばにいるのかもしれないのだ。

しばらく他の部屋も探したけど母はどうやら本当にいないようだった。それで父の隣に腰掛けた。

しばらくどう切り出そうかと迷った。テレビでお気に入りの特撮ヒーローものの番組をやっていたけどそわそわしてそれどころじゃなかった。父は血管の浮き出た右手でジャリっと顎鬚《あごひげ》をこすると新聞をめくった。

「いっしょに見ることができなくなっちゃった……」

恐る恐るそう話し掛けてみた。父は首だけをぼくに向けて眉の間にしわを寄せた。

「なんだって?」

「おかあさんと、おとうさんが、いっしょにいるときは、どちらかしか見えないの……」

言葉を咀嚼するようにじっと動きを止めて父は新聞をテーブルに置いた。

「どういう意味だ?」

いけない子供を見るような目だったから怒られているような気がして逃げ出したくなった。胸の中がざわざわとしてやっぱりこのことは隠しておいたほうがよかったんじゃないかと後悔した。父はソファーに座っていてもぼくより高いところに目があった。だから父に厳しい目で見られたときぼくはいつも頭の上に両手を置いてしゃがんでしまいたくなるのだ。

「おとうさんがいるときはおかあさんが見えなくなったの」

何度か必死に言葉をつぎはぎしていると父もぼくの言いたいことがわかってきたようだった。急に顔を青ざめさせてぼくの肩をつかんだ。何かを問い掛けるように必死な目でぼくの顔を正面から見た。

「ほ、ほんとうだよ……」

怖くなってぼくは泣いた。父は本当に母のことが好きだったんだと感じた。二人の離れている世界をぼくがかろうじて繋《つな》ぎとめていたのだ。だから一度に二人を見られなくなったことがぼくの責任であるように思えて悲しかった。ぼくがもし本当にいい子だったらずっと三人で暮らせていたのだと思った。

父はきつい口調で質問を繰り返した。でもぼくは泣いてばかりで何も言えないでいたからついには怒り始めた。肩をゆさぶっていた手を振り上げた。ぼくは頬を叩かれて床に倒れた。ごめんなさいと何度もあやまった。自分はなんて駄目な子供なんだろうと思い消え入りたかった。本当に悪いのは全部ぼくであるような気がした。そして父はぼくのことが嫌いになったんだと思った。

ぼくは立ちあがり走って部屋を出た。父はぼくの名前を呼んだけど追ってはこなかった。靴をはかずに玄関を抜けた。アパートの階段を下りてアスファルトの道を公園の方にむかった。家にいたらいけないと思った。父のことやソファーのある居間が好きでたまらなかったけど頬の痛みがぼくはいらない子だということを教えてくれた。足の裏が痛かったけど我慢した。

公園には誰もいなかった。雨が降りそうだったからきっと他の子は遊びにきていなかったんじゃないかと思う。いつもなら笑い声がたくさんあったのに滑り台もブランコもその日はぼく一人のものだった。けれど遊ぶ気にはならず広い公園で一人でいることが寂しかった。

砂場に座り裸足《はだし》の足の上に砂で山を作った。父母のことばかり考えていた。きっと自分のような子供は好きじゃないんだと感じていた。昨晩の喧嘩もぼくのせいだと思っていた。もっといい子で服に料理をこぼさないで遊んだおもちゃをちゃんと片付けるような子だったら二人は喧嘩なんてしないと思っていた。

寒くて涙が出た。湿った黒い砂はぼくの手や足にはりついてざらざらした。そのとき後ろから名前を呼ばれた。母が驚いた顔でこちらを見ていた。腕に買い物袋を下げていた。

「お父さんと来たの？」

微笑んで公園内を見回した。ぼくは首を横に振った。母がすぐそばまで近づいてきてはっとしたように足を止めた。

「靴はどこに置いてあるの？　それに、ねえ、頬が赤いわ……」

叩かれた頬を手で覆い隠した。父に怒られたことを知られたくなかった。母にも叱られるんじゃないかと思っていた。不安な様子が母にも伝わったらしかった。母は買い物袋を地面に置いてそっと腕を伸ばしぼくを抱きすくめた。

「どうしたの?」

やさしい声だった。母の匂いがして、心の底からほっとした。

「おとうさんに怒られた」

母はぼくに何をしたのかをたずねた。だまっているとやさしく頭をなでた。いつのまにかぼくは泣いていて嗚咽《おえつ》が止まらなかった。静かな公園で泣き虫のぼくをずっと母は慰《なぐさ》めてくれた。

「おかあさん、ずっと前に言ったこと、おぼえてる?」

「なあに?」

「これから二人暮らしになるけどがんばろうね、って言ったの」

「覚えてるわ」

母は戸惑いながら頷いた。いつのまにか霧のような雨が降り出しており髪の毛が湿り気を帯びていた。母がぼくの額にかかった前髪をかきあげた。

「ぼくはおかあさんの世界で生きることにする」

決心してそう口にした。母は不思議そうな顔でぼくを見た。背負われて家に戻る間すすり泣きが止まらなかった。

その日からぼくは父の姿を見ることができなくなった。


中学生になった今でも当時のことはよく覚えている。この不思議な体験についてはいろいろな人に話をした。あるいはなぜそうなったのかについてぼくの方から説明を求めることもあった。

父の消えた次の日のことを思い出す。その日はたしか雲のない青空だった。木の葉の一枚一枚が地面に影を作っていた。ぼくと母は手をつないで外へ出かけた。温かくて楽しい気分だった。空を見上げて目を閉じると陽光に透けてまぶたの裏側が赤かった。

絵本や遊び道具がたくさんあるところに連れていってもらった。他にもぼくと同じくらいの年の子がいてぬいぐるみを抱いたりブロックで家を作ったりしていた。しばらくおもちゃで遊んだ後ぼくは手をひかれて男の人のいる部屋に通され向かい合って椅子に座った。

男の人に、父のことを尋ねられた。そこで、列車の事故でもう死んだということを説明した。その人は困ったように腕組みした。そして少し笑いかけるようにして問いかけた。

「それじゃあね、ボク。きみの後ろにいる人はだれだい?」

振り返ってみたがだれもいなかった。隣に母が立っているだけだった。だれもいないとぼくは答えた。

「父親の姿が見えなくなったみたいなんです」母が泣き声で男の人に言った。「わたしの声は聞こえるのですが父親の声は聞こえないみたいで……。父親が手を握ったり頭をなでたりしてもまるで何も感じていないみたい。無理やり抱き上げたり腕を取って引っ張ったりすると途端に力が抜けて無表情の人形のようになってしまうの」

「わかりました」男の人はしばらく母と話しこんで頷いた。「つまりあなたたちは夫婦喧嘩をした後でお互いに相手が死んだことにして生活をしていた。子供にもそう言い聞かせてつき合わせていた。そのうちにこうなってしまったと……」

男は次に、ぼくの背後を見た。誰かと話をしているようにしきりと頷いていた。ぼくも後ろを振り返ってみたけどただ広い空間が広がっているだけだった。

成長した今ではその時の母や医者の言葉がはっきりと理解できる。なぜそうなったのかもわかっているつもりだ。ここにお父さんはいるのよと母に言われて手をのばしてみる。どこにいるのとぼくは聞き返す。なぜわからないのよ今あなたはお父さんの体をぺたぺた触っているじゃないの。そして戸惑ったように母は泣き出す。そのうちに母は宙に視線を向けて話をはじめる。

ぼくがこういう状態になってから両親は喧嘩をしなくなった。父の姿はあいかわらず見えなかったけれど母が泣いているときそれをなぐさめる父の様子だけは感じることができた。今はお互いを支え合うように一緒に暮らしている。みんなは両親の仕打ちが幼いぼくの心に傷をつけこうなってしまったのだと言う。しかしそれはぼくが得た自分なりの解答と少し違う。ぼくは望んでこうなったのかもしれないと最近そう思う。もちろん父と母を別れさせないためである。

陽だまりの詩《シ》

1

私は目を開けた。台の上に寝ていた。上半身を起こして辺りを見ると物の散らかった広い部屋だった。椅子に座った男がいた。彼は少し離れたところで考え事をするように黙りこんでいたが私を見ると笑みを浮かべた。

「おはよう……」

彼は椅子に座ったまま言った。上下ともに白色の服を身に着けていた。

「あなたはだれですか？」

私がたずねると彼は立ちあがり部屋の壁際にあるロッカーから服と靴を取り出し

た。

「きみを作った人間だ」

彼はそう言いながら近づいてきた。天井の白い照明が私と彼を照らした。彼の顔を間近で見た。色素の薄い肌だった。髪の毛は黒である。彼は私の膝の上に服を置いてそれを着るようにと言った。彼が着ているのと同じ白い上下だった。私は何も身に着けていなかった。

「誕生おめでとう」

彼は言った。部屋の中には工具や材料が散らかっていた。彼の足元に分厚い本が落ちている。私はそれを設計図だと認識した。

服を着て彼の後ろについて歩いた。扉やシャッターがいくつも並んだ長い廊下を抜けると上《のぼ》りの階段があった。そこを上がりきったところに扉があり彼が開けると強い光が視界を白くした。太陽の光だった。目覚めた部屋が地下にあったことを私は知った。太陽光線にはじめてさらされわずかに体表面の温度が上昇した。

扉を出ると辺りは草が一面に生えた丘だった。見晴らしがよくなだらかな緑色の斜面が広がっていた。地下へ下りる扉は丘の頂上あたりにあった。私の背丈ほどしかないコンクリート製の直方体に扉がついているだけの代物だった。上部に屋根らしいものはなくコンクリートの平らな面があるだけだったが、そこにも草が生い茂って鳥が巣を作っていた。私の見ている前で空から降りてきた小さな鳥が巣に着地した。

私は地形を把握しようと周囲に目を向けた。丘を囲むように山があった。丘はおそらく直径一キロメートルの球体の上部三分の一をカットしたものと同じ形状と大きさをしていた。山はいずれも樹木に覆われておりこの丘のように草原の広がっている所は他に見当たらなかった。周囲の地形との違和感からこの丘が人工物であることを推測した。

「あの森の中にあるのが家だ」

彼が丘の下のほうを指差して言った。その方向を見下ろすと緑色の丘を下りきったところから山の頂上に向かって唐突に木々が生い茂っていた。茂みの間から尖《とが》った屋根の先端が見えた。

「きみはあの家で僕の世話をすることになる」

私たちはその家へ向かった。

森に近い場所に十字に組まれた白い木の柱が立っていた。十字架と呼ばれるものだとすぐに判断した。丘の地面はほとんど凹凸がなかったがその辺りだけ盛り上がっていた。

「墓だ……」

彼は少しの間、白い十字架を見つめていたが、やがて私を促して再び歩き出した。

家は近くで見ると大きくて古かった。屋根や壁から植物が生えていた。緑色の小さな葉が煉瓦の表面を覆い半ば森と同化していた。家の正面は広い空間になっていた。畑や井戸があり錆《さ》びついたトラックが放置されていた。

扉は木製で白いペンキが剝《は》げかかっていた。彼の背中に続いて中に入った。歩くと床板が軋《きし》んだ。

家には一階と二階、そして屋根裏部屋があった。私は一階の台所の隣にある部屋を与えられた。ベッドと窓があるだけの狭い部屋だった。

彼が台所で手招きしていた。

「まずコーヒーをいれてもらいたいんだが……」

「コーヒーは知っていますが作り方がわかりません」

「そうだったね」

彼は棚からコーヒー豆を取り出した。湯を沸かして私の目の前で湯気のたつ二杯のコーヒーを作り上げた。そのうちの一つを私に差し出した。

「作り方は覚えました。次からは私が作ります」

私はそう言いながらカップの中の黒い液体を口に運んだ。唇がカップの縁に触れ高熱の液体が口の中に流れこんだ。

「……私はこの味がきらいです」

そう報告すると彼は頷いた。

「確かそういう設定だった。砂糖を入れるといい」

甘味を増やしたコーヒーを私は飲んだ。目覚めてはじめて体内に流しこむ栄養だった。私のお腹に組みこまれているものは正常に吸収を行なった。

彼はカップをテーブルに置き疲れたように椅子へ座った。台所の窓に金属製の飾りが下がっていた。長さの違う棒状の金属が風に揺れて互いにぶつかり様々な音を出した。音は規則的ではなかった。彼は目を閉じてその音に耳を傾けた。

壁に小さな鏡がかけられていた。私はその正面に立ち自分の顔を見た。私はあらかじめ人間がどのような姿をしているのかを知っていた。そのため鏡に映った自分の姿が人間の女性の顔を忠実に再現したものであることを認識できた。皮膚は白く裏側にある青色の細い血管を薄く透かしていた。しかしそれは皮膚の裏側にそう印刷されているだけである。肌の産毛も植毛されたもので皮膚の細かな凹凸や赤みの存在も装飾である。体温やその他のものをすべて人間に似せてあった。

食器棚の中に古い写真があるのを見つけた。この家を背景に二人の人物が写っている。彼と、白髪頭の男性である。彼を振りかえって、私は質問した。

「あなた以外の人たちはどこにいるのですか?」

彼は椅子に座っており背中しか見えなかった。彼は私を振りかえらずに答えた。

「どこにもいない」

「どこにもいないというのはどういう意味でしょうか?」

彼は、ほとんどの人間がすでに息絶えていることを話した。突然、病原菌が空を覆いそれに感染した人間は例外なく二ヶ月で命を失ったという。彼は感染する前に伯父とこの別荘へ引っ越してきたそうだ。しかし伯父はすぐに死んで、それ以来、一人きりで生活していたという。彼の伯父という存在も病原菌で死に、死体は彼がさきほどの丘に埋めたそうだ。白い十字架の墓が伯父のものなのだろう。

「一昨日《おととい》、検査をしたら、僕も感染していることが判明した」

「あなたも死ぬのですね」

背中の上に見えていた彼の後頭部が上下した。

「でも僕は運がいいほうだ。何十年も病原菌とは無縁だった」

年をたずねると彼はもう五十歳に近いという。

「そうは見えません。私の知識に照らし合わせるとあなたは二十歳前後の年齢に見えます」

「そういう処理を施しているんだ」

人間は手術をすることで百二十年は生きられるそうだ。

「病原菌には勝てなかったがね」

台所に設置されている様々なものを確認する。冷蔵庫内には野菜や調味料、解凍すれば食べられる食品などが入っていた。電熱器の上には使ったまま洗っていないフライパンが載っていた。スイッチを入れると電熱器のコイルがゆっくりと熱を発し始めた。

「私に名前をつけてください」

彼に提案した。テーブルに肘《ひじ》をついて彼はしばらく窓の外を見つめていた。庭の地面を覆っている芝生の上を蝶が飛んでいた。

「必要ないだろう」

外の風が窓から入ってくる。下がっている金属製の飾りが揺れて高音を発する。

「僕が死んだら丘に埋葬してほしい。あの十字架の隣に穴を掘って僕に土をかぶせてほしい。きみを作ったのはそのためなんだ」

彼は私の顔を見つめた。

「わかりました。私が作られたのは、この家の家事をするためと、そしてあなたを埋葬するためですね」

彼は頷いた。

「それがきみの存在理由だ」

私はまず家の掃除からはじめた。箒《ほうき》で床を掃き窓を布で拭いた。彼はその間、窓辺の椅子に腰掛けて外を眺めていた。

私が家の中の埃《ほこり》を窓から追い出しているときのことだった。窓のすぐ下に鳥が横たわっているのを見つけた。物音に反応しなかったため死んでいるのだろうと推測した。家の外に出て私は片手で鳥の体をつかみ上げた。手のひらの感知した冷たさが推測の通り鳥が死んでいることを裏付けた。

いつの間にか窓辺に彼が立っていた。家の中から私の手にある鳥の屍骸《しがい》を見つめていた。

「どう処理する？」

彼が質問した。私は森の中に鳥の屍骸を投げた。私の筋肉は成人女性のものと変わらなかったが遠くまで飛ばすことができた。鳥の屍骸は木々の枝に引っかかり葉を散らせながら森の奥へ消えた。

「その意図は？」

彼は首を傾げた。

「分解して肥料になるからです」

私の答えを聞くと、一度、大きく彼は頷いた。

「僕を正しく埋葬するために、きみには『死』を学んでほしい」

彼の話では、私はうまく『死』を理解していないそうだ。私は困惑した。

2

私と彼の生活がはじまった。

朝、私は目覚めると、台所にあった桶《おけ》を持って井戸へ水を汲《く》みに行った。食事や洗濯のための水はすべて井戸水だった。私と彼の住む家は地下に小型の発電設備があり電気だけが豊富にあった。しかし水をポンプで汲み上げるような設備はなかった。

井戸は庭の片隅にあり家の勝手口からそこまで石の敷き詰められた道があったがその道は曲がりくねっていた。私は毎朝、道を無視して井戸までの最短距離を真っ直ぐ進んだ。井戸の周囲には小さな草花が咲いていた。最短距離を歩くと咲いている花を踏むことになった。

井戸に備え付けられた縄つきの桶を投げ込むと深い底の方で着水する音がした。最初に水を汲み上げたとき、水とはこんなに重いものなのかと思った。

水を汲むついでにいつも私は歯磨きをした。目覚めた後の口の中は不快な粘膜に覆われていた。睡眠中、唾液の分泌量が抑えられるためだ。それを歯ブラシで解消した。

歯ブラシのような消耗品や食事の材料は地下の倉庫にあった。私が生まれたあの部屋の隣だった。廊下にあるシャッターを引き上げると巨大な空間があり何十年分という食料が積み上げられていた。水汲みを終えた後、そこから適当なものを運んできて庭でとれた野菜とともに電熱器とフライパンで調理をした。食事のとき必ずいつもコーヒーをいれた。私が料理をしている間に彼は二階の自室からおりてきてテーブルについた。

「昔の写真や記録映像などは残っていないのですか？」

二人で朝食を食べているとき私は尋ねた。食後、片づけが終わった私のところに彼が何枚かの写真を持ってきた。古い写真らしく色褪《いろあ》せていた。大勢の人間が生活する町の光景が撮影されていた。高いビルの間を車や人々が行き交っていた。

ある写真の中に彼を見つけた。背後に何かの施設が写っていた。これはどこなのかと聞くと、前に働いていたところだと説明された。

また別の写真の中に女性の姿があった。私と同じ顔、髪型だった。

「きみはよく普及していたんだ」

彼は言った。

家は山と丘の境目あたりにあり、丘とは反対側の方向に山の麓《ふもと》へ延びる道があった。道にだれかの使っている気配はなく雑草が茂っていた。家の前までくると途切れるためこの家が行き止まりなのだとわかった。

「この道を麓へ下りて行くと何がありますか？」

ある日の朝食のとき彼に質問した。

「廃墟だ」

彼はカップを傾けながら返事をした。庭の木々の間から麓がよく見渡せた。彼の言う通り町だったものがあった。今はもうだれも住んでいないらしく壊れた建物とそれを覆う植物が見えた。

また別の朝食のとき、彼がサラダの野菜をフォークに突き刺して私に見せた。野菜の葉に何かがかじった小さな歯形がついていた。その野菜は庭の畑からとってきたものだった。

「兎《うさぎ》が出るんだ」

彼は言った。私と彼は衛生面を気にせず兎のかじった部分でも食べた。しかしできることなら兎の歯形がない葉のほうが良かった。

朝食がすむと私は考えながら家のまわりを歩いた。彼の生命活動が停止するさまを思い浮かべた。私もやがて同じように動きを止める。私のような存在には、活動時間があらかじめ設定されていた。動きを止めるのはまだ先のことではあった。しかし私は自分の活動できる残り時間を秒単位でカウントすることができた。私は手首を耳に当てた。小さなモーターの音を聞いた。これが止まるのだと思った。

丘にある地下へのドアを潜《くぐ》り倉庫の中にスコップがあることを確認していた。彼は丘に埋葬されることを望んでいる。私はスコップで穴を掘る練習をした。

あいかわらず死ぬということがどんなものなのかぴんとこなかった。だからだろうか。穴をいくつ掘っても、「だからなに？」という気がした。


家にある窓のそばにはひとつずつ椅子が置かれてあり、昼の間、彼はいつもそのうちのどれかに腰掛けていた。ほとんどは木製の一人がけの椅子だったが井戸が見える窓辺には長椅子が置かれていた。

何かしてほしいことはないかと私が近寄ると少し微笑《ほほえ》んで何もないと返事をした。

ときどきコーヒーをいれて彼に持っていくとありがとうと礼を言われた。そしてまた窓の外に視線を向けて彼はまぶしそうな顔をした。

家の中を探してもどこにもいないときが何度かあった。彼の姿を求めて歩いていると丘に広がる緑色の草原の中に十字架の白と彼の着ている服の白が並んでいるのを見つけた。

私にも墓についての知識はあった。遺体の埋まっている場所である。しかし、彼がその場所へ執着する理由がわからなかった。おそらくすでに彼の伯父は地下で分解され周囲の草へ養分として取りこまれているはずだからだ。

庭の畑にある緑色の野菜は私が作られてこの家にくる前からすでにあった。彼が栽培していたのだろう。その管理は私に引き継がれた。

時折、兎が現れて野菜をかじった。森にある他の植物を食べればいいのになぜか庭の野菜ばかりを狙って歯形をつけた。

何もしなくていい時間、私は体を叢《くさむら》に潜《ひそ》めて見張った。白い小さな体が畑の野菜の間で見え隠れすると私は飛び出して捕まえようと追いかけた。しかし成人女性と同じだけの機能しか私には与えられておらず兎に追いつくのは無理だった。兎はまるで私をあざ笑うように畑の中を駆け抜けて森の茂みへ消えた。

私は兎を追いかける最中、たいてい、何かに躓《つまず》いて転んだ。窓の内側から忍び笑いをする声が聞こえて振りかえると彼が私を見て笑っていた。私は立ちあがり白い服についた泥を叩《はた》き落とした。

「生活しているうちに人間らしくなってきた」

家に戻っても彼はまだ笑っていた。私にはよくわからなかった。しかし笑われたことでむずむずした。胸の奥がかゆいと思った。体温が上昇してどう振る舞えばいいのかわからずひとまず頭を掻《か》いた。なるほど、どうやらこれが「恥ずかしい」という感情なのだなと思った。「くすぐったい」に似ていた。そしていつまでも笑っている彼が少し憎らしかった。

昼食のとき彼がテーブルの表面を二回ほどノックして私の注意を引いた。スープを口に運んでいた私が視線を上げると彼がフォークでサラダの野菜を突き刺してぶら下げていた。兎の歯の跡がいろいろなところにある葉だった。

「僕のサラダやスープに入っている野菜は、全部、兎のかじった跡があるのに、きみの食べているものはなぜそうじゃないのだろう」

「偶然でしょう。これは確率の問題です」

私はそれだけ言って、兎の歯形がついていない自分のサラダを食べた。


二階には空き部屋があった。本棚や机、花瓶などのない殺風景な部屋だった。ただ一つだけ室内に存在するものといったら、床の中央にあるプラスチック製のおもちゃのブロックだった。子供が組み立てて遊ぶような小さなブロックだった。私は子供を実際に見たことはないが知識は持っていた。

はじめてこの部屋を入り口に立って眺めたとき窓から西日が差し込んでいた。そのため部屋中が赤色に染まっていたがそのブロックはもっと深い赤色をしていた。ブロックは帆船の形に組みあがっていた。一抱えもある大きさだった。しかし船の先端が崩れて細かく分解して散らばっていた。

「僕が躓いて壊してしまったんだ」

私のすぐ後ろにいつのまにか彼が立っていた。私は許可をもらいブロックで遊んでいいことになった。帆船を一度、すべて分解してばらばらなブロックの山にした。それから私は何かを作ろうと思った。しかしできなかった。細かなブロックを手に持ったまま動けなくなった。頭の中が急に鈍くなった気がした。

「きみたちには、作るのは難しいかもしれない……」

彼によると、私は、設計図のあるものやあらかじめ手順の決まっているものしか作ることができないそうだ。例えば、音楽や絵などは生み出せないという。だからばらばらのブロックを前にして私は何もできなかった。

私がブロックで遊ぶのを諦めると彼がかわりにブロックの山の前へ座った。彼は次々とブロックを積み重ねていった。

陽が落ちた。辺りが暗くなると庭に設置された照明が自然に点灯した。白い照明が庭のそこかしこを照らし出すと窓の外からその明かりが部屋の中へ入ってきた。

私は部屋の電気をつけた。彼が作っていたのは帆船だった。再び完成した一抱えもある赤い船を彼は様々な角度から眺めていた。彼のように私もブロックで遊べたらいいのにと思った。

井戸の周囲を照らす照明のそばにいつも蛾が飛んでいた。私たちは夜の歯磨きを井戸のそばで立ったまま行なった。歯を磨いていると蛾の影がちらちらと地面を横切った。口をすすいだ水は排水溝へ吐き捨てた。排水溝は森の茂みの下を通って山の麓の川へつながっているそうだった。

その後それぞれが寝室へ引き上げるまでの時間、家のリビングにあるレコードで音楽を聴いた。お互いに眠るのは夜おそくなってからだった。静かな音楽の流れる中で私たちはチェスをした。勝敗はほとんど五分五分だった。私の頭には通常の人間と同じだけの機能しか与えられていないのだ。

虫が入ってくるので窓は網戸にしていた。夜の風が家に入ると台所の窓に下がっている金属製の飾りが揺れて音を鳴らした。澄んだ美しい音色だった。

「あの窓の飾りが出す音は、風の作り出した音楽なのですね。私は好きです、あの音」

彼が次の手を考えているとき私はそう口にした。彼は私の言葉を聞いて目を細めて頷いた。

はっとした。最初にこの家へきたとき、私はあの音を聞いて、規則性のないただの高い音だと思った。それがいつのまに、それだけではないのだということを知ったのだろう。この家で暮らし始めて、すでにひと月が経過していた。その間、気づかないうちに心の中が変化していた。

その夜、彼が寝室へ引き上げた後、私は一人で外を歩いた。白い照明が庭に点々とついていた。金属製の柱の上に丸い電灯が載っており、虫が光に近づこうとしてガラスの覆いにはね返されていた。夜の暗闇は濃かったが照明の足元に立つと白い光が私の上に降り注いだ。そこに立ったまま自分の変化について考えた。

いつのまにか私は井戸まで歩くとき最短距離を歩かなくなっていた。石の敷き詰められた曲がっている道を、ゆっくり時間をかけて歩き、生えている草花を踏まないよう心がけた。以前なら時間とエネルギーの無駄だと考えた。しかし今では周囲を眺めながら歩くということが楽しかった。

地下で目覚め、はじめて外へ出たとき、白くなった視界と体表面の温度でしか太陽を理解しなかった。しかし今の私が思う太陽はもっと深い意味を持ち、たぶん詩の世界でしか表現できない、心の内側と密接に結びついたものになっていた。

いろいろなことを愛しく思っていた。

壁から植物の生えた家や丘に広がる草原、そこにぽつんとある地下倉庫への扉と、その上の鳥の巣。高くつき抜けた青空や立ちあがる入道雲。苦いコーヒーはきらいだったが、砂糖を多めに入れたコーヒーは好きだった。それを冷まさずに熱いまま舌の上に広げると、甘い味で私は嬉しくなった。

食事を用意し、掃除をする。白い服を洗濯し、穴が開いていたら糸と針で繕《つくろ》う。

窓から入りこんだ蝶がレコードの上に降り立ち、風の生み出す音を聞きながら目を閉じる。

私は夜空を見上げた。照明の向こう側に、月があった。風が木を揺らし葉がざわめく。彼を含め私は何もかも好きだった。

木々の間から見える町の廃墟を見た。明かりはひとつもなく、そこには暗闇しかなかった。


「あと一週間で僕は死ぬ」

次の日の朝、起きてきた彼はそう言った。正確な検査で死期がわかっているらしかったが、私はまだ『死』がどういうものかはっきりと理解しておらず、わかりました、とだけ返事をした。

3

彼の体は弱り階段の上り下りに時間がかかるようになったので、一階の私の部屋のベッドを使うことになった。そのかわり私は夜になると二階の部屋で眠ることになった。

ベッドから立ちあがったり椅子のある窓辺まで歩いたりするのを手伝おうとしたが必要ないといって彼は私を遠ざけた。私は看病らしいことは何もしなかった。彼は痛みを訴えるわけでもなく熱を出すわけでもなかった。彼の説明によると例の病原菌はそういうものではなく苦痛を与えずに『死』を運んでくるのだという。

彼ができるだけ動かなくていいように彼のいる場所で食事をした。彼が長椅子に座っていれば食事の盆を持って私は隣に腰掛けた。彼が一人用の椅子に座っていればそばの床にあぐらを組んで彼の足元でパンを頬張った。

彼は伯父の話をした。伯父といっしょにトラックで廃墟の中を進んだことや、廃墟の町からまだ使えそうなものを運んできたときのことなどの話だった。庭に放置されているトラックは、もう燃料が手に入らず動かすことができないそうだ。

「……きみは人間になりたいと思ったことはあるかい」

話の途中でふいに彼は質問した。私は頷いて、ある、と答えた。

「窓の飾りが揺れる音を聞くと自分が人間だったらいいのにと思います」

風さえも飾りを揺らして音楽を作る。しかし私は何も生み出すことができないのだ。それが残念だった。会話の中で詩のような表現を使ったり嘘をついたりすることはできた。しかし私にできる創造はせいぜいそれだけだ。

「そうか……」

彼は頷いてまた伯父の話に戻った。伯父といっしょに何週間も廃墟の町を探索したときの思い出だった。

彼が深く伯父を愛しているのがわかった。だからその隣に埋葬されることを希望しているのだ。そのために私は作られた。人間の『死』を看取るために。

床にあぐらを組んで食事をしていた私のそばに食べかけのパンが落下して軽い音を立てた。彼が落としたものだった。

彼の右手が小刻みに痙攣《けいれん》していた。彼はそれを左手で止めようとしたが無駄だった。彼は冷静な目で震える自分の手を見つめながら私に聞いた。

「死について、わかったかい？」

「まだです。どんなものですか？」

「怖いものだよ」

私は落ちたパンを拾って盆に載せた。衛生面を考えて食べないことにした。死ぬということがまだよくわからなかった。私は自分もやがて死ぬことを知っている。しかし怖いとは思えなかった。停止することが怖いのだろうか。停止と恐怖との間に何かひとつ抜け落ちているものがあるように感じた。おそらくそれを学ばなければならないのだろう。

私は首を傾げて彼を見つめた。彼の手はまだ震えていたがもはや彼自身気にしていなかった。彼の目は窓の外に向けられていた。私も外を見た。

庭には光が溢《あふ》れていた。私はまぶしくて目を細めた。家を囲んでいる森とその切れ目から麓の方へ延びている道がある。壊れかけの郵便ポストがあった。錆びたトラックが放置されその隣に野菜の畑がある。畑に並んでいる野菜の上を小さな蝶が舞っていた。

白い小さなものが緑色の葉の陰に見え隠れした。兎だった。私は立ちあがって窓から外に出た。行儀が悪いことは知っていたがもはやこの追いかけっこは兎の姿を見た瞬間、何よりも優先してはじまるようになっていた。

彼の死が五日後に迫ったその日、空は曇りだった。私は森の中を歩きながら山菜を採取していた。食料は倉庫に多く残っていたが栽培した野菜や自然にある植物などを料理したほうがいいと彼は主張していた。

彼の手足は時折、痙攣した。しばらくすると震えは止まるが何度も再発した。そのたびに彼は転んだりコーヒーをこぼして服を汚したりする。それでも冷静に彼は対処した。困惑はなく静かな目で言うことをきかない体を眺めていた。

森の中をしばらく歩くと崖があった。落ちると危ないので近寄らないようにと彼には言われていたが崖のそばには山菜が多く生えていた。それに崖から見える景色が好きだった。

少し離れたあたりから地面が急に消えて空になっている。私は片手に下げた籠へ採取した山菜を入れながら崖の向こう側にある山の連なりを見た。空を覆う雲に半ば山々はかすんで溶けている。ただ巨大な影が灰色の中にあるだけだった。

崖の先端に私は目を留めた。まるで誰かが踏み崩したように、少し崩れた個所があった。

首の上だけを突き出して崖下を覗いてみた。三十メートルほど下に横切っている細い線があり、それは崖下を流れる川だった。そのずっと手前の崖の上から二メートルほど下に岩壁の出っ張った個所があった。テーブルひとつ分ほどの広さを持ち草も生えていた。

そこに白いものがいた。兎だった。足場が崩れて崖から落ちたが途中で引っかかって助かったのだろう。上へ這い登れるような部分もなくどうやら岩棚から動けないらしい。

遠くの空から、雷の重い音がした。腕に、一瞬、雨粒の感触がした。

山菜の入った籠を地面に置いた。崖の先端に両手をつき後ろ向きにゆっくりと崖を下りた。靴の裏側で岩壁の凹凸を探りつま先のひっかかる場所を探す。一歩ずつ下りて足先が岩棚の上に着く。

兎のいる場所に立った。冷たい風が吹き私の髪を揺らした。これまで兎には困らされたがその場から動けずにいるのを見ていると助けなければいけないという気がした。

私は兎に手をのばした。一度、身構えるようなしぐさをしたが白い毛皮の動物は静かに私に抱かれた。手の中に小さな温かさを感じた。まるで熱の塊みたいだと思った。

本格的に雨が降り出した。木々の葉がいっせいに、落下する雨滴に打たれて音を出した。次の瞬間、何かの崩れる音を聞いた。震動が私の体を襲った。今下りてきた岩壁が高速で上へせり上がり浮遊感を味わった。乗っている足場が落下していた。さきほどまで私のいた山菜入りの籠を置いた崖の上が一瞬で高く遠く小さくなった。私は兎を強く腕の中に抱きしめた。

着地の瞬間、強い衝撃が全身を貫いた。辺りを砂埃が舞った。しかし雨がすぐにそれを消した。崖下を流れていた川のそばに落下していた。

体の半分が破損していたが致命的な損害はなかった。片足がちぎれかけ腹部から胸にかけて大きな亀裂が入っていた。体内のものがあふれ出ていたがなんとか自力で家まで戻れそうだった。

腕の中に抱いていた兎を見た。白い毛皮に赤いものがついていた。血だとわかった。兎の体が冷たくなっていった。私の腕の間から体温が流れ落ちていくようだった。

家まで兎を両手に抱いたまま帰った。片足とびで歩いたあとには私の体から飛び出したものが点々と残った。強い雨が辺りをすき間なく埋めていた。

家に入り彼の姿を探した。私の滴《したた》らせる水滴が床に広がっていった。私の髪の毛は濡れて皮膚や皮膚のはがれた個所に張りついていた。彼は庭の見える窓辺のそばに腰掛けていた。私の姿を見ると驚いていた。

「直してください……」

私はこうなった理由を説明した。

「わかった、地下倉庫へ行こう」

両腕の中の兎を彼に差し出した。

「この子も治せますか……？」

彼は首を横にふった。その兎はもう死んでいる。そう言った。兎は落下の衝撃に耐えられなかった。私の腕の中で転落死したのだ。

私は野菜の間を元気に憎たらしく駆けまわっていた兎の姿を思い出した。そして目の前で白い毛皮を赤く染め目を糸のように細く閉じたまま動かない兎を見つめた。

地下倉庫へ行って検査と手当てをしなければ、そう言う彼の声がやけに遠くから聞こえた。

「あ、……あ、……」

私は口を開けて何かを言おうとした。しかし言葉は出なかった。胸の奥からわけのわからない痛みを感じた。私は痛みとは無縁だがなぜかそれを痛みだと認識した。力が抜けていき私は膝をついた。

「私は……」

涙を流す機能も私にはついていた。

「……この子が、意外と好きだったんです」

彼は、痛ましいものを見る目で私を見ていた。

「それが死だ」

そう言うと、私の頭に手を載せた。私は知った。死とは、喪失感だったのだ。

4

私と彼は地下倉庫まで歩いた。雨が強く視界はほとんどなかった。私は腕の中に兎を抱いたまま片足で進んだ。家を出るとき兎は残していきなさいと彼は言ったが放すことができなかった。結局、私が地下の作業台で応急処置を受けている間、兎はそばの机に寝かせていた。

作業台に寝ると天井の照明が正面にあった。この部屋でひと月と数週間前、私は同じ状態で横になっていたのだ。そして目を開けると彼がおはようと口にした。最初の記憶だった。

白い光の中で彼が私の体内を検査した。彼は時折、疲れたように椅子で休んだ。休憩をとらなければ立っていることもままならないのだろう。

私は寝かされたまま首を横に向け机の兎を見つめた。彼も近いうちあの兎のように動かなくなるのだ。いや、彼だけではない。鳥にも、私にも、やがて『死』は訪れる。これまでそのことは知識として頭の中にあった。しかし今のように恐怖をともなったことはない。

自分が死ぬときのことを考えた。それはただの停止ではなかった。この世界すべてとの別れであり私自身との別れでもあった。どんなに何かを好きになっても必ずそうなる。だから『死』は恐ろしくて悲しい。

愛すれば愛するほど死の意味は重くなり喪失感は深くなる。愛と死は別のものではなく同じものの表と裏だった。

体内から欠け落ちたものを彼が埋めこむ間、静かに私は泣いていた。やがて修理が半ばまで終わったとき彼は手をとめて椅子で休憩をとった。

「明日までには応急処置が終わる。完全に元通りになるには、さらに三日の作業が必要だ」

彼の体は限界に達していた。応急処置より後の作業は私が自分で行なわなければいけないという。私も自分自身の体内のことは一応、知っていた。経験はなかったが設計図を見ればおそらくその作業はできるだろう。

「わかりました……」

そして涙声で続けた。

「……私はあなたを恨《うら》みます」

なぜ作ったのですか。この世界に誕生して何かを好きになどならなければ、『死』による別れに怯えることもなかった。

嗚咽《おえつ》まじりの声になったが私は作業台に寝たまま言葉を口から押し出した。

「私は、あなたが好きです。それなのに、あなたの遺体を埋葬しなければならないのは、辛いです。こんなに胸が苦しくなるのなら、心なんて必要ないのに。私を作る段階で、心を組みこんだあなたを恨みます……」

彼は悲しそうな顔をした。

包帯を体中に巻きつけた私は冷たく固まった兎を抱いて地下倉庫から出た。外はもう雨がやみ丘一面に広がる草原に湿った空気が立ちこめていた。辺りは暗かったがじきに朝が訪れる時間だった。空を見ると雲が流れていた。私の後から彼が扉を出てきた。

応急処置を受けた私は普通に歩くことができるようになっていた。しかし完全な修復ではないため激しい動きは禁止された。自らの手による修復作業はしばらくの間、行なうつもりはなかった。私が地下で作業をしている間、彼に食事を作る者がいなくなるからだ。

私たちが休憩をはさみながら家まで歩いているとやがて東の空が明るくなってきた。彼が森に近いところにある十字架の前で立ち止まった。

「あと四日だ」

十字架を見つめて言った。

朝のうちに私は兎を埋葬した。青い芝生の覆う庭によく鳥の集まってくる一画があった。そこなら寂しくないだろうとスコップで穴を掘った。兎に土をかぶせる間、胸が押しつぶされるような気持ちだった。同じことを彼にもしなければならない。そう考えると私は耐えられる自信がなくなった。

その朝から数日間、彼は一階のベッドへ横になったまま起きなかった。寝たきりでベッドわきの窓から外を見つめるだけだった。私は食事を作って彼のもとまで運んだ。私はもう笑うことができなかった。彼のそばにいると辛かった。

なぜ彼がいつも窓から外を眺めているのか理解できた。彼もまた私と同じように世界が好きなのだろう。だから『死』によって別れが訪れるまでよく見て目に焼き付けておこうとしているのだろう。私はできるだけそんな彼のそばで時間を過ごした。一秒ごとに彼の『死』が近づいてくるのを感じた。家のどこにいてもその気配はあった。

雨の日以降、いつも空は曇っていた。風もなく台所の窓に下がっている飾りは沈黙していた。レコードを聴く気力もなく家の中は静かだった。私が歩くときの床がわずかに軋む音だけがあった。

「あそこの照明のランプが切れかかっているね……」

ある夜、横になったまま彼は窓の外を見て言った。庭を照らしている照明のひとつが弱々しく点滅していた。しばらくついていたかと思うとふいに震えて暗くなる。

「僕は明日の正午に死ぬだろう……」

切れかかっているランプを見ながら彼は口にした。

彼が眠りについて私は二階のブロックのある部屋で膝を抱えた。床の中央に赤いブロックで作った帆船がある。彼がかつて私の目の前で製作したものだ。それを眺めながら私は考えていた。

私は彼が好きだった。その一方でまだ心に引っかかりがあった。私をこの世界に創造したということへの恨みだった。心の中にできた黒い影のように、その感情はつきまとっていた。

感謝と恨みを同時に抱いたまま複雑な気持ちで彼に接していた。しかし私はそのような素振りを見せなかった。ベッドにいる彼へコーヒーを運び手が震えるようであれば口まで運んであげた。

私がまだ心にわだかまりを持っているなどということを彼が知る必要はない。明日の正午、私は彼に、作ってくれてありがとうと感謝の気持ちだけを言い表そう。それが彼にとってもっとも心残りのない『死』に違いない。

ブロックの赤い帆船を私は両手でもてあそんだ。恨んでいるなどという気持ちは胸の奥に隠していればいいことだ。しかし私はこのことについて考えるたびに、息苦しくなった。彼に嘘をついているようで、怖かった。

帆船の持っていた部分が唐突に外れた。床に落下して胴体部分のほとんどが音を立てて分解した。ばらばらになったブロックを集めながらどうしようかと思った。私のように人間でないものは絵を描いたり彫刻をしたり音楽を作ったりすることはできない。彼が死んだらこのブロックはずっと分解したままになってしまう。

そのときひとつだけ私でもブロックで作り出せるものがあることに気づいた。思い出しながら帆船を組み立てた。一度、彼が製作する様を見て記憶していた。ひとつずつ彼がかつて目の前で行なった手順を繰り返す。そうすることで私にも帆船を製作することはできた。

そうしながら私は涙を拭った。もしかしたら。もしかしたら。心の中で幾度もそう繰り返した。

次の日、朝から空は晴れ渡っていた。どこまでも続く青色の中には雲が見当たらなかった。彼が眠っている間、井戸のそばで私は歯磨きをし、口をすすいだ。井戸から水を汲み上げて桶に移しかえるときしぶきが飛んだ。井戸の近くに生えている草花がそれを受ける。花の先端に露をつけ重みで曲がった。見ていると露は落下し空中で朝日を反射して輝いた。

曇りの日が続いていたので洗濯物がたまっていた。二人が着た数日分の白い服を洗い庭先に干した。動くと体に巻いていた包帯がずれてくる。それを直しながら物干し竿に服をかけていった。

ちょうどその作業が終わったとき、彼が窓から眺めていることに気づいた。そこは彼の寝ている部屋の窓ではなく日当たりのいい廊下の窓だった。私は驚いて駆け寄った。

「起きて大丈夫ですか？」

彼は窓辺にある長椅子に腰掛けていた。

「この椅子の上で死のうと思う」

どうやら最後の力をふりしぼって歩いたらしい。

私は家に入り彼の隣に腰掛けた。正面の窓から庭を眺めることができた。たった今、干したばかりの洗濯物が白かった。風にゆらいでその向こう側にある井戸が見え隠れした。死とは無縁の気持ちのいい朝だった。

「残り何時間ですか？」

私は外に視線を向けたまま聞いた。彼はしばらく沈黙した。静かな時が過ぎた後、自分の命の残り時間を秒単位で答えた。

「病原菌による『死』は、そんなに律儀に時間を守るものなんですか？」

「……さあ、どうかな」

特に興味のなさそうな声で、彼は返事をした。私は緊張しながら、質問してみる。

「……あなたが私に名前をつけなかったのは、絵や音楽を作り出せないのと同様に、名前を生み出すことができなかったからですね？」

彼はようやく窓の外から目を離して私を見た。

「私も、自分の死ぬ時間を秒単位で把握しています。私のような存在には、あらかじめ生きていられる時間が設定してあるからです。そして、あなたも……」

本当は、病原菌になんか感染していない。彼はおそらく、以前に他の人間がブロックから帆船を作り出したところを見ていたのだろう。だから、帆船を組み立てることができた。人間がすべていなくなった世界を、彼だけが死なずに今まで生きてきたのだ。彼はしばらく私の顔を見つめてからうつむいた。白い顔に陰ができた。

「だましていて、すまない……」

私は彼に抱きつき胸に耳を当てた。彼の胸の中からモーターのかすかな音が聞こえた。

「なぜ人間のふりを？」

彼は落ちこんだ声で伯父にあこがれていた心の内側を説明した。伯父とは彼の製作者だった。自分が人間だったらいいのにと私は時々思った。彼もまた同じことを感じていたのだ。

「それに、きみが納得できないだろうと考えた」

自分と同じ存在に作られたというより、人間に作られたことにしたほうが、私の苦しみが少ないと考えたそうだ。

「あなたは愚かです」

「わかっている」

そう彼は言って、胸に耳をあてたままの私の頭に、そっと手を載せた。少なくとも私には彼が人間だろうとそうでなかろうと違いはなかった。私は彼の体を強く抱きしめた。残り時間が減っていく。

「僕は、伯父の隣に埋葬されたかった。自分の上に土をかぶせる存在が必要だったのだ。そのような身勝手のためにきみを作り出してしまった」

「何年間、あなたは一人きりでこの家にいたのですか？」

「伯父が死んで二百年が経つ」

彼が私を作った気持ちはわかった。死の訪れる瞬間、自分の手を握ってくれる人がいればどんなにいいだろうか。だから私は、彼の上に死が訪れるまで、抱きしめていようと思った。そうしていれば彼は、孤独ではないと知るだろう。

私も、自分が死ぬときに彼と同じことをする可能性があった。設計図や部品、工具などは地下倉庫にそろっているのだ。まだそのときになってみなければわからないが、孤独に耐えかねたとき、寄り添うための新たな命を私は生み出すかもしれない。だからこそ、私は彼を許すことができた。

私と彼は、長椅子の上で、静かな午前を過ごした。私はずっと、彼の胸に耳を当てていた。彼は何も話さず、窓の外で風に揺らめく洗濯物を見ていた。

私は応急処置を受けて以来、体中に包帯を巻いている。首に巻かれていた包帯のずれを、彼がそっと直した。窓から入る日差しが膝にあたっていた。暖かい、と思った。何もかも暖かい。やさしくて、やわらかい。そう感じたとき、私の胸につかえていたものが、次々と解き放たれていくような気分を味わった。

「……作ってくれたこと、感謝しています」

ごく自然に、思っていることが唇の間からこぼれた。

「でも、恨んでもいたのです……」

胸に耳を当てていると、彼の顔は見えなかった。それでも、彼が頷いたのはわかった。

「もしもあなたが埋葬のため、死を看取るため、私を作らなければ、私は死を恐れることも、だれかの死による喪失感に苛《さいな》まれることもなかったでしょう」

彼の弱々しい指が、私の髪の毛に触れた。

「何かを好きになればなるほど、それが失われたとき、私の心は悲鳴をあげる。この幾度も繰り返される苦しみに耐えて残り時間を生きていかなければならない。それはどんなに過酷なのだろう。それならいっそのこと、何も愛さない、心のない人形として私は作られたかった……」

鳥の鳴き声が、外から聞こえた。私は目を閉じて、青空を数羽の鳥が飛んでいる場面を想像した。瞼《まぶた》を閉じたとき、目の縁にたまっていた涙がこぼれた。

「でも、今、私は感謝しています。もしもこの世界に誕生していなければ、丘に広がる草原を見ることはなかった。心が組みこまれていなければ、鳥の巣を眺めて楽しむことも、コーヒーの苦さに顔をしかめることもなかった。そのひとつひとつの世界の輝きに触れることは、どんなに価値のあることでしょう。そう考えると、私は、胸の奥が悲しみで血を流すことさえ、生きているというかけがえのない証拠に思えるのです……」

感謝と恨みを同時に抱いているなんて、おかしいでしょうか。でも、私は思うのです。きっと、みんなそうなのだと。ずっと以前にいなくなった人間の子たちも、親には似たような矛盾を抱えて生きていたのではないでしょうか。愛と死を学びながら育ち、世界の陽だまりと暗い陰を行き来しながら生きていたのではないでしょうか。

そして子供たちは成長し、今度は自分が新たな命をこの世界に創造するという業を、背負っていたのではないでしょうか。

あの丘の、あなたの伯父が眠る隣に、私は穴を掘ります。そしてあなたを寝かせて、布団をかぶせるように土を載せようと思います。木で作った十字架を立てて、井戸のそばに咲いていた草花を植えようと思います。毎朝、あなたに挨拶をしに行くでしょう。そして夕方には、一日に何があったのかを報告しに行きます。

静かな時間が長椅子の上を通りすぎ、正午近い時刻になった。私の耳に聞こえていた彼の体内のモーター音が小さくなり、やがて聞こえなくなった。おやすみなさいと私は心の中でつぶやいた。

ZOO

1

写真と映画の違いは、俳句と小説の関係に似ている。

俳句ではなくても、短歌でも、詩でもいい。それらは普通、小説よりもはるかに文字数が少ない。それが特徴だ。その短い文字の連なりの中に、ある一瞬の心の動きを切り取って封じこめる。作者は世界を見聞きして、心に感じた感動を短い文字の中に描写する。

小説の場合、それが連なる。心の描写が連続し、しかも行数を追うごとにその形は変化する。小説内で起こる様々な出来事により、登場人物たちの心は常に同じということはない。短い文章のみを抽出《ちゅうしゅつ》すれば、それは描写だ。しかしそれを連続させることで、『変化』を描くのだ。登場人物たちの心は、最初のページと最後のページとでは違う形に変化している。その変化の過程が波線として成立したもの、それが物語の正体である。これは数学なのだ。小説を微分すると、俳句や詩になる。物語を微分すると、描写になる。

写真は描写である。一瞬の風景を枠の中に切り取る。子どもの泣いている顔を描写する。これは俳句や詩に近い。文字と絵という違いはあるが、どちらも、ある重要な一瞬を抽出し、永遠にとどめようとする試みだ。

では、写真が何十枚、何百枚と連なったとする。連続するのは、同じ写真ではない。かといってまったく違う被写体でもない。前にある写真よりも、一瞬だけ後に撮影したものを、次にくるよう並べる。それを高速で次々に切りかえると、残像現象から、そこに時間が生まれる。たとえば、最初は泣いていた子どもが、最後には笑った顔になっている。一枚の写真と違ってそれらは別々のものではなく連続している。泣き顔から笑顔に変わるまでの途中経過が存在する。つまり、心の変化を見ることができるのだ。『一瞬』をいくつも連ねれば『時間』が生まれるのは当たり前で、そうなってようやく、『変化』を描き出すことができる。すなわちそれは、物語を紡ぐことができるということだ。それが映画なのだ。俺はそう思う。

今朝もまた、写真が郵便受けに入っていた。これで何度目だろう。もう百日以上、同じことが続いている。それでも慣れて気にしなくなるということはない。早朝の凍えるような寒さの中で、アパートの錆びた郵便受けに写真が入っているのを見つけるたび、眩暈《めまい》と立ちくらみと憎悪と絶望が同時に襲いかかってくる。俺は写真を握り締めたまま、立ち尽くすしかない。毎朝、そうだった。

写真は封筒などに入れられて郵送されたものではない。そのまま郵便受けに入っている。写真には人間の死体が写っていた。かつて俺の恋人だった女だ。どこかの地面に掘られた穴へ寝かされている。死体の彼女の胸から上を撮影している。しかしもう元の姿ではない。腐った彼女の顔に、生前の面影はない。

昨日の朝に郵便受けで発見した写真よりも、また少し、腐敗が進行しているらしい。しかし変化はわずかで、はっきりとはわからない。一目で確認できるのは、彼女の上を這っている虫の位置が昨日の写真とは異なっているということだけだ。

俺は写真を持って自分の部屋に戻り、スキャナーでパソコンに取りこんだ。これまで投函されていた彼女の写真は、すべてパソコン内に保存している。順番に番号をふって、いまや大量の画像データとして彼女は存在する。

最初に発見した写真の彼女は、まだ人間の姿をしていた。その次の日に見つけた二枚目も、顔が薄く黒みを帯びた以外に目立った変化はなかった。しかし日を追うごとに、郵便受けへ入れられている写真の彼女は、人間の形から遠ざかっていった。写真のことはだれにも言っていない。彼女が殺されていることを知っているのは俺だけだ。世間では、行方不明として処理されている。

俺は彼女のことを愛していた。『ZOO』という映画をいっしょに見たことを思い出す。よくわからない話の映画だったが、彼女は隣の席で真剣になってスクリーンを見つめていた。

スクリーンには、野菜や動物の腐っていく映像が早回しで映し出されていた。林《りん》檎《ご》や海老《えび》が黒ずんでいき、形を崩す。細菌に覆われて、臭いを放つ。マイケル・ナイマンの軽快な音楽に乗って、動物の屍骸たちが、あっという間に原形をなくしていく。その変化は極めて動的である。巨大な波が打ち寄せて去っていくように、腐敗が巻き起こる。様々な物の腐敗していく様を、主人公がフィルムに撮影していくという、そういう映画なのだ。

映画館を出た後、俺と彼女は動物園に立ち寄った。俺が車を運転していると、助手席にいた彼女が、道路の先にある看板を見つけて言ったのだ。

あれを見て。これはなにかの偶然よ。

『200メートル先を左折・動物園』

看板にはそう書かれていた。日本語の下に英語でも案内が書かれており、連なっているアルファベット中の、『ZOO』という文字だけがやけにはっきりと頭にこびりついた。

俺はハンドルを切って左折し、動物園の駐車場に乗り入れた。動物園内にほとんど人はいなかった。真冬の、もっとも寒い時期だったからだろうか。雪こそ降ってはいなかったが、空には厚い雲がかかり、薄暗かった。藁臭《わらくさ》い動物の臭いが充満する中を、俺と彼女は並んで歩いた。彼女はコートを着ており、始終、寒さのせいで細い肩を震わせていた。

全然、人がいないわね。噂で聞いたことあるわ。こういうところに人がこなくなって、全国的に次々と動物園や遊園地がつぶれているんですって。彼女の声は白くなって空中に溶けて消える。鉄格子のような檻《おり》の前を、俺たちは次々と通りすぎる。寒さのせいか動物たちには元気がなく、目も虚ろだった。その中で、醜い猿だけがなぜか活動的に檻の中を歩き回っていた。俺と彼女はその前で立ち止まり、しばらくの間、眺めた。毛がところどころ抜け落ちた、薄汚い雰囲気の猿だった。檻の中にいるのは一匹だけで、コンクリートの狭い空間を、いつまでもぐるぐる歩き回っていた。

ヘトヘトの人生を歩んでいた俺に、はじめて優しくしてくれた女だった。一緒に動物園へ行ったあの日のことが、遠い昔のように思える。彼女が姿を消したのは、秋の深まった季節のことだ。

俺は、彼女が何かの事件に巻きこまれたんじゃないかということをみんなに訴えかけた。しかし警察は本腰を入れて捜索してくれず、家出したものとして処理をした。家族もそれで納得していた。彼女は周囲にそう思わせるようなふらりといなくなる気配を持っていたのだ。

画像データとしてパソコン内に取りこんだ後、郵便受けで見つけた彼女の死体の写真を、俺は引き出しの中にしまいこんだ。引き出しは、すでに百枚以上の彼女の写真で溢れかえっている。

ディスプレイ中に表示されているカーソルを動かし、有名なムービー再生ソフトを立ち上げる。映像の編集もそれでできる。『イメージシーケンスを開く』という機能を選び、最初に投函された彼女の画像を選ぶ。『イメージシーケンスの設定』で、『毎秒12フレーム』を選択。

すると、パソコン内に保存された彼女の静止画像が、番号の順番に繋ぎ合わせられた動画となる。一秒に十二枚、彼女の静止画像が次々と切り替わる。本来はアニメーションを制作するための機能である。

再生すると、彼女の腐敗していく過程がわかる。虫たちが一斉に彼女を覆い尽くし、やがて食い荒らして去っていくという、波のような動きが見られる。

朝がきて、郵便受けに投函されている写真を発見するたびに、十二分の一秒、その動画は長さを増す。俺はそれを見ながらつぶやく。

「犯人を探し出す……」

死体の写真を撮影している人間が、彼女を殺したのだ。そんなことはわかりきっている。

「罪を償《つぐな》わせる……」

警察が彼女の捜索を打ち切ったとき、俺は、そのことを誓った。

ただひとつ、問題がある。その問題は決定的で、かつ俺という人格そのものを破壊しかねない。したがって俺はその問題点を見ないようにしている。

「くそっ、犯人はどこにいるんだ！」

俺の言葉はすべて台詞だ。演技なのだ。心では全然、別のことを思っている。ただ、そうやって演技し続けていなければ、あまりの現実のつらさに俺は潰《つぶ》れてしまう。

つまり俺は自分で自分のことを知らないふりをしているだけなのだ。そうして、彼女を殺した犯人をつかまえると意気込んでいる。決して、俺にはつかまえることなどできないだろう。なぜなら俺が殺したのだから。

2

彼女を失って、ほとんど何も口にしない生活が続いた。鏡に映る自分の顔は、頬が削げ落ち、目が落ち窪んでいる。

俺は、自分が彼女を殺したことを知っている。そのくせ犯人を見つけようと意気込んでいるのは、矛盾した行動のように思える。だが、二重人格というわけではないのだ。

俺は彼女を心から愛していた。自分がこの手で彼女を殺害したなどとは考えたくない。だから、俺はその現実から逃避することにした。

どこかに俺ではない殺人犯が存在し、そいつが彼女を殺したことにしてしまえば、俺は気が楽になる。自分が彼女を殺したのだという自責の念から解放されるのだ。

「写真を郵便受けに入れているのはだれだ!?」

「なんのため、俺に写真を見せる!?」

「いったい、だれが彼女を殺害した!?」

すべて俺の一人芝居なのだ。わからないふりをして、犯人に本心から憤り、殺意を抱くという自分を演じる。

そもそも、写真を警察に見せないことが自分の保身を示している。俺はそのことを、自分一人だけの力で犯人を探し出してみせる、という考え方に変換し、写真を隠しておく理由にしてみた。結果として警察は彼女のことをいまだに行方不明だと思いこんでいる。俺も、警察の力を借りずに恋人の仇《かたき》を討とうとする自分に酔うことができる。

そのような演技を続けているうち、本当は彼女を殺害してはいないんじゃないかと思うことがある。殺したのはだれか他人なんじゃないか。俺は無実なんじゃないか。

しかし残念ながら毎朝届く郵便受けの写真が、そういった妄想の世界へ完全に逃げ切ることを妨げる。確かに俺が殺したのだと、写真が俺を告発する。

彼女の捜索を警察が打ち切ったのは、彼女がいなくなって一ヶ月後の、十一月に入ってすぐのことだった。それから俺は、自力で犯人を捜査するために会社をやめた。もちろんそれは、犯人に殺された彼女の恋人という役を演じているにすぎない。犯人に憤り、仇を討つために立ちあがった悲劇の主人公という役柄だ。

まずはじめに、彼女の知人を訪ねて質問することからはじまった。彼女の勤めていた会社の同僚、家族、よく行くコンビニエンスストアの店員など、俺は彼女と関わりのあった人物すべてに会った。「ええ、彼女はまだ見つかっていません。警察は家出だと言っていますが、俺は信じていませんよ、馬鹿馬鹿しい、あいつが家出なんて……。だからこうして、彼女と親しかった人に質問してまわっているんです。協力していただけますか。ありがとう。彼女と最後に会ったのはいつごろですか。何かおかしな様子とかありませんでしたか。たとえば、だれかに恨みを買ったとか、家のまわりに不審な人間が歩いているとか、そういう話を彼女はしていませんでしたか。……俺にはそういうことを一度も話しませんでした。……彼女がいつもしていたあの指輪ですか。そうです、俺の贈った婚約指輪ですよ。……おい、そんな目で見ないでくれ。憐れみはたくさんだ……」

だれも、俺が殺害したなどとは気付いていなかった。奴らにとって俺は、恋人が突然にいなくなって戸惑っている憐れな男として映っているようだった。俺の演技は迫真だったらしい。彼女のためではなく、俺のために涙を流す奴までいる始末だ。世の中は狂っているんじゃないかと思う。彼女を殺したのは俺だと、なぜだれも指摘しないのだ。俺が自分でそれを認めることはできないのだから、周囲の人間がそれをしてくれるべきだ。

いつも心の奥底ではそれを求めている。だれかが俺を指差して、おまえが犯人だと言ってくれるのを待っている。それを仕事としているはずの警察ですらまっとうに俺の罪を暴いてくれない。

……俺は思っている。早く楽になりたい。すべてを洗いざらい話して、罪を認めたい。でないと、俺はいつまでも演技し続けないといけないじゃないか。しかし、自首をする、という一線を踏み越えられずにいる。恐ろしくなって、問題から目を逸《そ》らし、偽ることを選ぶ。

自分で捜査をする、という演技をはじめてから一週間ほどで聞きこみをする相手もいなくなった。それからの俺は袋小路に入った鼠《ねずみ》のようだった。

「犯人を知る手がかりがない！　何か情報はないのか！」

一人きりの部屋で俺はつぶやきながらパソコンを扱う。彼女の腐っていく動画を再生し、それを見つめる。再生し終えて、腐り終えた後の彼女は、細菌の餌食《えじき》となって、人間というよりもそれ以外の何か別の、見たこともない形容もできない何かになっていた。

正直言って、気持ち悪かった。人間の腐っていく様など、見たくはなかった。それが愛した人間ならなおさらだ。しかし俺は見なければならない。それを見ることで、俺は、自分が殺したのだということを自分に言い聞かせる。早く自首して告白しろと暗示をかける。しかし、その暗示はいつも失敗する。

「じっとしていてはいけない！　何か情報をつかむんだ！　捜査は足だ！」

俺は彼女の腐敗する動画から目を逸らし、立ちあがる。彼女の写真を持って外へ出ると、犯人を探すふりをしながら町を徘徊《はいかい》する。

持っていくのは、腐敗した彼女の写真ではない。生前の、美しい姿のものだ。彼女の背後にはシマウマの檻が見える。場所は、あの動物園だった。あの日、彼女が思い立って唐突に使い切りカメラを購入したのだ。俺たちは虚ろな目をした臭い動物ばかり撮影して歩いた。最後の何枚かのみ、彼女に向けてシャッターを切った。シマウマの前に立つ彼女は、少し睨みつけるような顔を永久にフィルムへ切り取られた。

その写真を道行く人々へ見せ、情報を求めながら歩いた。歩道を歩いていると、唐突に写真を見せられるのだから、相手にとってみれば迷惑だろう。それはわかっている。しかし、俺はそうしなければ気がすまない。周囲から見れば、ほとんどホームレスのようだっただろう。しかしかまっていられなかった。

もはや仕事も生きがいもなくし、貯めていた金も底をつきかけている。そのうちにアパートも追い出されるだろう。大丈夫、車の中で眠ればいい。食うものがなくなれば、だれかから金を奪えばいい。犯罪に手を染めてもいいのだ。ただ、彼女を殺害した人間を見つけることができればそれでいい、といった人間を演じきれればそれでいい。

昼間のうちずっと町中で聞きこみをする。

「この写真の人を知りませんか。どこかで見かけませんでしたか。お願いします。お願いします……」

以前、何時間も同じところでそうしていると、近くの店の人間が交番に通報したことがあった。その経験を踏まえ、しばらくの間さまよった後、車で移動して別の町に出かけて同じことをする。

何度か若い男たちにからまれたことがあった。リンチを受けたことも一度だけあった。それは路地裏でのことだった。抵抗すると、相手はナイフを持ち出してきた。俺は刺してくれることを望んだ。心臓をひと突き。そうすれば終わる。すべて終わる。俺が彼女を殺したなどと、自分で認めないまま死ぬことができる。殺人者ではなく被害者として人生を終えるのだ。それは俺にとってプライドを保つ行為だった。自分の罪から完全に逃亡できる唯一の逃走経路なのだ。もう彼女の写真を持って、いもしない犯人を求めることも、あるわけのない情報を求めて町をさまようことも、しなくてよくなる。

しかしその若者は、俺を刺してはくれなかった。ナイフを持っている手をつかみあげ、俺は無理やり、自分の胸に押し当てさせた。後はそいつが力をこめて刃をねじ込むだけですむはずだった。しかしそいつはがたがた震え出してあやまりはじめた。まわりにいるやつらも顔を青ざめさせていた。そのうちに警察がきて、みんなは俺を置いて逃げ出した。待ってくれよ、俺も連れていってくれ、と叫びたかった。

警察を呼んだのは薄汚れた老婆だった。偶然に俺が路地に連れこまれるのを見ていたらしい。その婆さんはひどく小さな体をしていて、おどおどした様子で警官の後ろに立っていた。みすぼらしい格好で、着るものも、履いているものも、現代の日本人とは思えなかった。おそらく金のない、貧乏な生活をしているのだろう。小便臭いトンネルの中などで眠っているのだろう。婆さんの顔に刻まれた皺《しわ》には垢《あか》がたまっている。髪の毛も不潔そうだった。そして木の板らしきものが首から下がっている。最初、パチンコ屋かなにかの宣伝をして食いつないでいるのかと思ったが、違った。

ゴミ捨て場から拾ってきたような薄汚い板には、直筆の汚い文字で『人をさがしています』と書かれていた。文字の下に写真も貼ってあった。若い男の写真で、俺の持っている彼女の写真とは比較にならないほど古かった。その婆さんに話を聞いてみると、一人息子が行方不明で、もう二十年、町角に立って探しているという。そして皺だらけの手を、そっと首から下げた板の上に置いた。古くぼろぼろになった写真を撫でながら婆さんは俺の聞きなれない方言まじりの言葉で、この写真は外に立っているうちにぼろぼろになったが息子を写したものはもう他にないからどうしたらいいかなあという意味のことを困ったようにつぶやいた。

俺はその婆さんの足元にひざまずいた。突っ伏して、額を地面に擦《こす》りつけた。嗚咽と涙が止まらなかった。婆さんも、そばにいた警官も、俺を慰めようとしてくれた。しかし俺は首を横に振ることしかできなかった。

3

持ち主のいないような山小屋で、俺と彼女は喧嘩をした。たとえば『ZOO』という看板を見つけて咄嗟に動物園へ向かうことを決めたように、彼女の行動には発作的なものがあった。そのときも、ドライブ中に何年も車が通っていないようなわき道を発見して、そこを曲がってみて、という唐突な提案を彼女がしたのだ。その道の先に何があるのか、急に確認したくなったのだろう。彼女のそういうところが好きだった。

道の先には、山小屋があった。小屋というより、古い板切れの集まりといった感じの外見だった。俺と彼女は車を停めて中に入った。

かび臭かった。彼女は今にも落ちてきそうな天井を見上げながら、顔を輝かせていた。俺はその様をポラロイドカメラで写真に撮った。動物園で使い切りのカメラを使って以来、俺はカメラに凝り始めていた。

彼女はフラッシュに顔を歪《ゆが》めた。まぶしいわね。強い口調でそう言うと、ポラロイドカメラから出てきた写真を俺の手から取り上げて握りつぶした。こういうのは嫌いだわ。それから彼女は、私のことは忘れてちょうだい、と言った。どういう意味かと尋ねると、俺に対して今は愛情など抱いていないのだという意味の話をしはじめた。

世間において彼女が行方不明になったのはその日からだった。俺とドライブをした前日までは会社に出ていたのに、その日より後、彼女はだれの前にも現れていない。それは当然のことである。彼女はずっとその山小屋から出ていないのだから。その日に俺と会うことなど、彼女は親しい人間にも告げていなかったらしい。もしだれかにそう話していれば、俺は警察に事情聴取されただろうし、罪を告白していただろう。しかし実際は、彼女の母親から電話がきて、娘を知らないかという質問を受けただけだった。愛情の薄い母親であるため、さほど彼女の失踪《しっそう》に関して気にしていない様子だった。

布団をかぶって震えていた俺は、彼女が失踪したという話を電話で聞き、自分が殺したことを正直に話そうと思った。

「なんですって、彼女がいなくなった……？　警察にはもう連絡したんですか？

待っていてください、今からそちらに向かいます！」

思っていたこととは違う言葉しか出てこなかった。長く意味のない演技のはじまりだった。

俺は彼女の家まで出向き、母親と話をして、警察に捜索願を出した。俺は本心から彼女の行方を知りたがっているように見せかけた。死に物狂いで彼女の行方を追い求める俺、という嘘の自分を作り上げた。

4

それは、彼女の写真を持って町を徘徊した後のことだった。一日が終わりかけ、太陽が傾きはじめていた。俺は駐車場に置いていた車の元へ戻り、周囲に立ち並ぶビルの群れを見上げた。夕日を背負う格好で、巨大な柱たちが黒い影となって覆い被《かぶ》さってくるようだった。

「今日も収穫はなしか……」

俺はつぶやいてみた。冬の冷気が吐き出す息を白くする。くたびれてぼろぼろになったコートの中から彼女の写真を取り出して見つめる。切り傷ができて固くなった指の皮膚で、写真の彼女の顔をそっと撫でる。

駐車場に停めている車は、俺の一台きりだった。通行人も見当たらない。コンクリートの地面に、俺の影が長く伸びていた。

「明日こそは犯人を……」

歩き回って全身が疲労していた。気を抜くと倒れそうなほどだった。俺は車の扉を開けて運転席に乗り込んだ。そのとき、助手席の下に落ちているものが目に入る。

「なんだこれは……？」

丸められた紙くずのようだった。拾い上げてみる。写真だった。広げて、何が写っているのかを確認する。

「これはいったい……」

彼女が写っている。上向き気味の格好で、不意を突かれて撮影されたようなかわいらしい表情をしていた。背景は木の板が組み合わさっている壁だった。日付が右下の隅に入っている。

「どういうことだ!?　この日付は、彼女の消えた日じゃないか！」

当惑する、という演技をする。その写真はあの日、彼女が怒って握りつぶしたものだった。

「一体何故、こんな写真が俺の車の中にあるのだろう……。不思議だ。理解ができない。この写真の彼女、死んではいないぞ……。そうだ、犯人がこの車に写真を投げこんだのだ。そうとしか考えられない……」

俺はダッシュボードを開けて、その中に写真をしまおうとする。ダッシュボードの中に、一枚の紙切れが入っているのを見つける。

「これはなんだ?」

ガソリンスタンドの領収書だった。

「……この領収書の日付は、彼女の消えた日じゃないか! 領収書に、ガソリンスタンドの住所が書いてあるぞ! そんな馬鹿な、俺はこの日、こんなところに行っていない。ずっと家にいたはずだ……。もしかすると……」

俺は推理して、ある重大な結論を導き出した、というふりをする。

「……犯人はこの車を使って彼女を誘拐したんじゃないか? そうだ、だから彼女はあっさり犯人につかまったのだ。彼女はこの車を見て、俺だと勘違いし、警戒を解いたのだ！」

俺はエンジンをかけると、車を発進させた。行き先はわかっている。領収書に書かれてある住所だ。

「ガソリンスタンドの人なら、あの日、この車を運転していた人物を見ていたかもしれない！　はたして覚えているだろうか。それが疑問だ」

俺はつぶやきながら運転をする。ハンドルを切り、ビルの並んでいる通りを抜け、郊外へ向かう。次第に建物が少なくなり、道路脇に並ぶ民家と民家の間に荒地が挟まれる。沈みかける太陽が赤く、フロントガラス越しに俺を照らす。後ろへ過ぎ去る風景の中、夕日は動かずにじっと追いかけてくる。

ガソリンスタンドに到着したころ、辺りは暗かった。ライトを点灯させた車を乗り入れると、スタンドの主人らしい中年の男が近づいてきた。作業服を着て、油で汚れた手をタオルで拭いている。俺は窓ガラスを下ろし、彼女の写真を見せながら質問を投げかける。

「なあ、あんた、この写真の……」

俺が言いかけると、彼は忌々《いまいま》しそうな顔をしながら答える。

「ああこの子ね。ずっと前に来たよ。西へ向かうと言っていたな」

「西へ？　なあ、どんな車に乗っていたんだ？」

「もちろん乗っていたのはあんたが運転しているその車さ」

「やっぱり！」

「運転していたのもあんただよ。さあ、これでいいのかい。台詞は完璧かい。あんたも毎日、大変だな。同じことばっかりしていて、飽きないかい。あんたのこの遊びにつきあいはじめて、今日で何ヶ月目だろうね。もっとも、お得意様だから逆らえないけどね」

「意味不明のことを言わないでくれ。それよりも、運転していたのは俺だって？　そんな馬鹿な……」

俺は、ショックを受けた、という演技をする。

「その日、彼女を乗せた車を、俺が運転していただと……？」

スタンドの主人が俺を追い払うような仕草をした。アクセルを踏んで、車を西へ向かわせる。

「くそっ！　いったい、何がなんだかわからなくなってきやがった！」

俺はハンドルを手で叩いた。

「あのガソリンスタンドの主人は、車を運転していたのが俺だという……。俺はその日、一日中、家の中にいたはずじゃないのか……!? いったい、何が起こっている!? 何が現実で、何が幻想なんだ!?」

自分自身に疑いを持つ瞬間。自分についての確信がゆらぐ瞬間。ガソリンスタンドで交わした会話は、俺に真実を告げる。俺は心を引きしめた。これから起こることに対して、心の用意をする。

いつのまにか周囲は雑木林である。絡み合う木の枝が道の両端を埋めている。車のライトが、一本のわき道を照らし出した。道は黒々とした絡み合う木々の中に延びている。俺は急ブレーキをかけた。

「……見たことあるぞ、この景色。そんな馬鹿な、俺はこんなところ、来たことがないはずなのに」

ハンドルを切って、わき道へ進入する。車が一台、ようやく通り抜けられるほどの幅である。やがて広い場所に出た。ライトが正面の暗闇を照らし出す。白い光の中に浮かび上がったのは、古い木の小屋だった。

「俺はこの小屋を知っている……。俺は……」

運転席を出て、辺りを見まわす。だれもいない。冷たい空気が、静かな森の中に充満している。俺は車のトランクから懐中電灯を取り出し、小屋に近づいた。入り口を開け、中に入る。

かび臭い。呼吸するたびに嫌なものが肺の中へ入ってくる気がする。懐中電灯の光の輪が、小屋の内部を照らし出した。広くはない。まず最初に、暗闇の中で静かに立っている三脚とカメラが目に入った。ポラロイドのカメラだ。

小屋の地面は土が剝《む》き出しだった。そこに穴が掘られている。カメラのレンズは穴へと向けられていた。俺はそこに近寄り、暗闇が水のように溜まっている穴の奥へ懐中電灯を向けた。

俺は、それを見た。そして崩れ落ちるように膝をつく。

「たった今、思い出した……。なんてことだ……」

俺は演技を続ける。これは一人芝居なのだ。演じるのは俺。観客も俺……。

「俺が彼女を殺したんだ……」

俺はその場で泣いた。涙が頬を伝い、乾燥した地面に落ちて染みこんだ。傍らの穴の中には、彼女がいた。腐敗しきって、もはや乾燥し、虫さえもよりつかなくなった彼女だ。縮んで小さくなっている。

「俺が……。俺が彼女を……。そして記憶を封印していたんだ……」

すべて俺の考えた台詞である。実際は忘れていなかった。すべて覚えている。しかし、そういうストーリーの芝居なのだ。

「これまで俺は彼女を殺害した犯人を追いかけていた……。しかし、俺こそがその犯人だったのだ……。彼女に酷いことを言われ、その憎しみのために俺は、発作的に……」

嗚咽混じりに、俺はつぶやく。声は、自分以外にだれもいない小屋の中に響く。地面に転がった懐中電灯の明かりだけが周囲を照らしている。

冷たい地面に手をつき、立ちあがった。全身が疲労で軋むようだった。穴の縁に近づき、上から彼女を見下ろす。穴の奥の、もはや人間の姿をしていない彼女は、砂埃に覆われ、半ば地中に埋もれている。

「……このことを警察に話さなければ。……俺は、自首しなければならない」

決心して俺はつぶやく。それは台詞に違いなかったが、本心でもあった。心から俺はそうすることを望んでいた。

「……俺にその勇気はあるのか?」

拳が震える。俺は自問自答する。

「……俺にその覚悟はできるか?」

だが、やらなければいけない。俺は、人を殺したという罪から逃げてはいけないのだ。愛する人間をこの手で殺してしまったという事実を、俺は受け入れなければならない。

「それは困難だ……。それを認めることは、難しい……」

首を横に振り、俺は心細くなって涙を流す。いったい、どうすれば俺は自首できるのだろうか。罪を告白できるのだろうか。

「明日になれば、俺は今の気持ちを失い、この事実を忘れてしまいそうだ……。再び記憶を封印し、実際はいもしない犯人を探しはじめるかもしれない……。俺は………」

手で顔を覆い、肩を震わせる。そして、あることを思いつく、という演技をする。

「そうだ……。自分を告発するための仕掛けをしておけばいい！　写真だ！　彼女の写真を撮影しておけば、俺はこの自分の罪を忘れないだろう！」

ポラロイドカメラに近づき、シャッターを押した。穴の奥の腐敗した彼女が、一瞬、閃光《せんこう》に照らされて暗闇の中に浮かび上がる。音を立ててカメラが写真を吐き出した。

「この写真を見ることで、俺は自分の罪を思い出す。現実から目を背《そむ》けようとしても、否応なく、自分の行ないを見せつけられる……。俺は、償いから逃げ出さない……」

声を震わせて決心する。写真を持って、俺は小屋から離れた。

「警察へ向かおう……。そしてこの写真を見せて、俺が彼女を殺したと話そう……」

懐中電灯をトランクに戻し、車に乗りこむ。ようやく画の浮かび始めた写真を、助手席に乗せる。俺は車を発進させた。

暗闇の中を走る。踏みこんだアクセルの下から、エンジンの振動が伝わってくる。雑木林を抜けて、辺りは寂しい荒地だけの土地となる。ライトの中に、道路の白線だけが浮かび上がる。黒いアスファルトの周りは、さらに黒色の闇だった。

助手席に乗せた写真は、今や彼女の腐敗した姿を浮かび上がらせている。室内灯を点《つ》けていないのではっきりとは見えないが、車のメーター類の発する明かりのため、ぼんやりとそれがわかる。

「俺は告白する。警察へ向かう。自分の罪を認める。俺は逃げない。逃げてはいけない。彼女は俺が殺した。……それはあってはいけないことだ。だが、あったんだ。それは事実としてあったんだ。……認めたくない。俺はそんなことをしない。なぜなら愛していたのだから。だけど、俺は殺してしまったんだ……」

自分へ言い聞かせるように、俺はそう繰り返す。

だが、俺は知っている。この先の展開を知っている。そのような台詞を言いながら、俺は、自分が警察になど行かないことを知っている。いや、行かないのではない。行けないのだ。本当はすべて認めて楽になりたい。だが、そうなるための決心が挫《くじ》けることを、俺は知っている。

これは、毎日、毎晩、繰り返していることなのだ。今日だけではない。いつも一日の終わりに繰り返し上演している芝居なのだ。日が傾き始めたころ、俺は車の中で、握りつぶされた彼女の写真を拾う。自分に疑問を持つという芝居のスタートだ。ガソリンスタンドへ行き、芝居を手伝ってくれているスタンドの主人と話をする。毎日、ほぼ同じ時間に現れて、同じ台詞を繰り返す。俺は小屋を見つけ、彼女の死体を見て、自分の行なったことを思い出す、という演技をする。そして、警察へ向かう決心を固める。……この部分は、演技には違いないが、俺の望みでもあった。

しかし、そうはならない。俺の決意が挫けなければ、今ごろとっくに囚人となって安らかな生活を送っているだろう……。

来る途中に立ち寄ったガソリンスタンドの前を通りすぎる。すでに閉めており、スタンドは暗い。もうじき走ったところに、ある看板がある。俺の決意はそれを見た瞬間、崩壊する。わかっている。毎日、毎晩、繰り返されていることなのだ。

『200メートル先を左折・動物園』

ライトに照らされる看板にはそう書いてあるはずだ。その下に記されている三文字の英語が、運転をする俺の目に焼き付くはずだ。

『ZOO』

それを見た瞬間、俺の脳裏に彼女のことが思い浮かぶ。一緒に映画を見たこと。動物園に行ったこと。写真を撮ったこと。はじめて会ったときのこと。俺が孤児院で育ったという過去を打ち明けたときのこと。あまり笑わない彼女が、はじめて笑顔を見せたときのこと。それらが一度に俺の頭の表層へ浮上する。看板が暗闇の中から現れ、その横を通りすぎる瞬間、横の助手席に彼女が座る。現実に座るわけじゃない。しかし、死体の写真が彼女の姿となり、俺の方を振りかえり、そっと手を伸ばして髪を触る。そうなることは決まっている。

俺は挫けるだろう。だめだ、自分が彼女を殺したなんてありえない……。そう考えるだろう。少し行った道の真ん中に車を停めて、子どものように泣き出す。アパートへ帰りつき、助手席に置いていた写真を郵便受けに入れる。せめて明日の俺がそれを見て決心してくれるように祈る。あるいは十二分の一秒長くした映像が、俺に覚悟をもたらしてくれるよう願う。彼女が死の直前に丸めた写真と、ガソリンスタンドの領収書とを、車内の所定の位置に置き、明日の夕方の用意をする。繰り返し行なわれる芝居の、それが結末だ。

そうなのだ。結局、何もかわらない。一日を終えても、俺は彼女の殺害を自分で認めないのだ。変化しない。あの動物園で、檻の中をぐるぐる歩き回っていた醜い猿と同じだ。いつまでも同じ一日を繰り返す。朝になれば、郵便受けから写真を発見し、立ちすくむ。そうなることは、残念だけど決まっている。

車が闇の中を進む。毎晩、通る道だ。もう何ヶ月、ここを走っているだろう。あと何ヶ月、俺はここを通るのだろう。もうすぐ看板が見えてくる。彼女との思い出を俺につきつけるあの看板だ。俺はハンドルを握り締め、次第に近づいてくる瞬間を待つ。

「俺は……。彼女を殺した……。俺が……。彼女を……」

口につぶやいて、決心を固めてはいる。しかし心の中に、どうせ無駄だという気持ちがある。それでも突破できることをどこかで祈り続ける。まるで神を信じるように、覚悟したまま『ZOO』の文字の前を通りすぎることができるよう祈る。

ライトの中に白線がどこまでも続いている。枯れた草が高速で道の両端を後方へと流れ、過ぎ去っていく。もうすぐだ。看板が現れる。いつもの、覚悟が挫ける場所だ。

俺は呼吸を止めた。車が、その地点を通り抜ける。まるで時間が止まったかのような瞬間が訪れる。暗闇の中、車が空中を浮かんでいるような、宇宙で停止しているような、そんな瞬間だった。

俺はしばらく惰性《だせい》で車を走らせ、道の真ん中で停止させる。鍵をつけたまま、ハンドブレーキを引くことさえ忘れて、俺は車内から出た。全身に浮かんだ汗を、冷たい風が冷やす。俺は背後の、圧倒的な暗闇を振り返る。

俺は、さきほどフロントガラス越しに見たものを思い出していた。いや、見たというのは間違いだ。俺は、それを見なかった。

噂で聞いたことあるわ。こういうところに人がこなくなって、全国的に次々と動物園や遊園地がつぶれているんですって。

彼女は確か、動物園でそう言っていた……。確かに、動物園がつぶれるという噂はあった。

昨晩まであったはずの『ZOO』の看板が、消えていた。かわりに虚空が広がっていた。俺は、何も見ることなくその地点を通りすぎていた。過去の、彼女の幻影は現れなかった。助手席に彼女が座ることなく、俺はその道を通りすぎた。思い出さなかったことについて、彼女への罪悪感がある。しかし、姿を見せないという方法で、彼女が俺を無言で告発してくれた気もする。

運転席に戻り、俺は静かに祈りを捧げた。それが、神様へ向けたものなのか、それとも俺が殺してしまった彼女へ向けたものなのか、わからない。ただ、もう演技をする必要がないことは知っていた。俺はこれから警察へ向かえるだろう。罪を告白するだろう。心の中に安らぎだけが満ちていた。

文庫版特別付録

対談

古屋兎丸×乙一

天才は深夜ラジオでつくられる。

本書に収録された五作品を五人の監督が映像化したオムニバス映画『ZOO』が、二〇〇五年春に公開された。

そのうちの一本、「陽だまりの詩《シ》」は漫画家・古屋兎丸氏が脚本・絵コンテ・キャラクターデザインを担当した。

試写会で意気投合した二人の天才が、この映画化について、お互いの萌えのツボについて、そして深夜ラジオに救済された日々について存分に語りつくした——。


（「小説すばる」二〇〇五年四月号より転載）

映画「陽だまりの詩《シ》」ができるまで

古屋　今日は、乙一さんにお見せしようと思って、「陽だまりの詩《シ》」の絵コンテを持ってきましたよ。（テーブルの上に広げる）

乙一　これはすごい……。映画ではカットされたシーンも結構あるんですね。きれいなのに、もったいない。週刊連載（当時、小学館の週刊「ビッグコミックスピリッツ」にて『π《パイ》』を連載中だった）を抱えながらこれをやっていたなんて、すごすぎます。合間にできることじゃないですよ。

古屋　いや、原作があったから楽でした。一から考えるとなると相当頭を使うから、時間かかるでしょうけど。原作があると、シーンは固定されているようなものですから。

乙一　でも、いわゆる「絵コンテ」の枠を越えちゃってますよ。もう、このまま作品集として出せるくらいのクオリティ。

古屋　監督の水崎淳平さんから、今回は作業時間が一ヶ月しかないと聞いていたから、絵コンテはしっかり作り込もうと思ったんですよ。

乙一　実は、最初に「陽だまりの詩《シ》」がCGアニメで映画化されると聞いたとき、どうなっちゃうんだろうと思ったんです。

古屋　CGと聞いて、『トイ・ストーリー』みたいなのを想像したんじゃない？

乙一　そうなんです。NHKの教育番組でありそうな感じの、何だろう……丸みを帯びた、そういうCGを想像してました。

古屋　やたらピカピカ光っているような。

乙一　照り輝きのある（笑）。だから、試写会場でも『トイ・ストーリー』的なものが始まるのかと。

古屋　不安だったでしょう？（笑）

乙一　そうですね、不安でした。でも、映画が始まってすぐに、いい意味で想像を裏切られたな、と思いました。古屋さんは最初、キャラクターデザインの依頼をされたそうですが、絵コンテ、そして脚本のほうまで手がけられたのはどうしてだったんですか。

古屋　最初、キャラクターデザインをしてほしいという依頼があったとき、僕は単行本『ZOO』を読んでいなかったんですよ。で、どんな内容なんですかってたずねたら、「少女とロボット」だと。そのキーワードを聞いた段階でもう、ほぼやることは決めたんですよ（笑）。

乙一　すごい（笑）。

古屋　乙一さんの作品はこれまでも読んできたので、その世界観はわかっていましたから。それから原作を読んで、製作の方とお会いした際、脚本もと言われたんです。でも、僕は文章では書けないから漫画で描きますと。それで、まずは漫画で描きはじめたんですが、どうも吹き出しが邪魔なんですよ。漫画は右から左に読むので、先に言葉を発する人物が右にいなきゃいけないとか、縛りがある。あと、ページをめくったときに、どーんと見ごたえのあるシーンを描きたいとか、漫画的な志向が出てきちゃう。だけど、それは映画においては無意味じゃないですか。で、絵コンテでやります、と。実際、絵コンテのほうが、縛りがない分、描いていて何倍も楽しかったですね。

乙一　そう言っていただけて、本当にありがたいです。
古屋　作業は時間との闘いではあったんですが、多分、この絵コンテを見れば、僕のその熱が伝わるんじゃないかと思います。
乙一　いや、もう十分に伝わってきますよ。ところで、どのシーンからどういう絵で始めるのか、それはすぐに浮かんできたんですか。
古屋　まず作業に入る前に、水崎さんと二人で、声を出しながら原作の読み合わせをしたんです（笑）。
乙一　そんなことが、僕の知らないところで……（笑）。
古屋　二人で話し合いながら、このシーンはこんな風景ですかねとか、その場で描いて。（描き込みされた単行本『ZOO』を開いて見せる）
乙一　うわ～、貴重ですね、これ。
古屋　こんなふうに墓がいっぱい並んでるイメージがあるんですけど、って僕が絵を描いたりとか。
乙一　そんなふうにして進んでいたとは。
古屋　そうなんです。乙一さんの作品を一字一句、監督と二人で音読しながら（笑）。

乙一　恥ずかし過ぎる（笑）。

古屋　原作との違いというか、映画を観た感想はいかがですか。正直なところを。

乙一　僕の小説が、つくり手側の中で咀嚼《そしゃく》されて、映像で見せておもしろいものに昇華されているなあと思いました。例えば最後のほうに、人類が消滅した後、廃墟となった都市がちらっと映るじゃないですか。あれ、僕は小説の中に書いていないんですよ。主人公の一人称なので、主人公が見ていないものは書かないから。でも、あのシーンを見たとき、「あの世界には、確かにこういう風景があっただろう」と思って、うれしかったですね。あと、ラストシーンで、主人公がつくった墓が登場するじゃないですか。あの十字架が交差した部分に、生前、男が使っていた眼鏡が掛けられている。あれは本当に最高ですよ。

漫画でしかできないこと、小説でしかできないこと

古屋　乙一さんはデビュー以降、ライトノベルを中心に活動されてきましたよね。だからでしょうか、物語のつくり方として、奇抜な環境設定がまずあって、そこからいかに物語を転換させていくかとか、ラストでぐっとこさせるにはどうするかといったテクニックを持っていますよね。

乙一　物心ついてからの最初の読書体験が『スレイヤーズ』というライトノベルだったんです。それからずっと、敵と戦う話しか読んでいなかったので、そもそもどうやって話をつくればいいのかわからなくて。「陽だまりの詩《シ》」も、特に戦うシーンもないし、ミステリーみたいなトリックもあんまりない、犯人とかもない。これがほんとうに小説として形になるんだろうか、と不安に感じながら書いていた記憶がありますね。

古屋　でも、あれは手塚治虫の『火の鳥』に通ずるような感じがありますね。設定もそうだし、あとアイデアの中に少しひねりというか、軽いどんでん返しがあるじゃないですか。ああいうのも手塚的ですね。何も起こらないけれども、何かいろいろ起こっている気がするお話ですね。

乙一　あれを書くまでは、ＳＦ的なものを書いたことがなかったので、びくびくしながらだったんです。

古屋　ＳＦって、物語をつくる上での決まりを考えなくてもいいというか、あざとくて当たり前というか、展開がころころ変わっても、どんでん返しがあってもいい。自由に発想できるじゃないですか。だから、乙一さんは絶対に向いていますよ。

乙一　それはうれしいです。ところで、古屋さんは、どうやって話をつくっているんですか。

古屋　多分、小説家も漫画家もつくり方はそんなに変わらないと思いますね。僕の場合は、あるシーンが核となって、それを形にするには、どうもっていったらいいかと考えていきます。具体的な作品を挙げると、『Marie の奏でる音楽』(幻冬舎コミックス)は機械仕掛けの巨大な女神が空に浮いていて、それがばらばらと崩れて海に落ちてくるんですが、そのシーンを描くためには、どう組み立てよう？　というところから出発するわけですね。

乙一　あの作品はすごかったですよ。

古屋　あれは乙一さん的かもしれない。実は、監督の水崎さんも、「陽だまりの詩《シ》」は『Marie ～』のカラーページの色の感じを再現したいと言って、僕に依頼してこられたんです。

乙一　なるほど。最初に「陽だまりの詩《シ》」の映像を見たからなのかもしれませんが、僕も『Marie～』は何となく自分の作品と通じるような気がしました。それと、これはほかの作品からも感じられたことなんですけど、古屋さんの漫画にはすごく神話的なビジュアルが多いですね。

実は僕、ひと昔前にマンガ喫茶で古屋さんのデビュー作『Palepoli』（太田出版）を読んでいるんです。そのとき、すごい衝撃を受けて、でも、お名前を忘れてしまっていたんです。先日、対談の前に古屋さんの著作を読もうと手に取ったら、あ、あの時の人だって。マンガ喫茶で読んでしまって、すいません。

古屋　いえ、読んでくださっただけで（笑）。

乙一　あの本には漫画という形式を突き破ろうとするような、逆手《さかて》にとったような話がたくさんあって、その辺が少し自分に似ている気がしました。一時、僕は叙述トリックが好きで多用していたんです。小説という形式を利用して遊べないかなという気持ちだったんですけど、『Palepoli』を読んだときに、当時の自分と似た感じがしましたね。

古屋　あれは簡単に言っちゃうと、若い作品、若気の至りで描けた作品だと思うんですよ。形式をいじって遊ぶというのは、表現を始めたばっかりのころにやりたくなることじゃないですか。僕もあのとき、漫画はほぼ初めてだったので、どうやって描くかわからなかったんですよ。じゃあ、四コマから始めるかと思って、でも単なる四コマ漫画だとおもしろくないから、遊んでしまおうと。だから、物語を紡ぐとか、構成とか全然考えてなかったんです。

乙一　僕も同じかもしれません。最初に書いた「夏と花火と私の死体」(現・集英社文庫)は一人称なんですけど、主人公が死んじゃって死体になってもずっと一人称で小説が進んでいく。あのときは小説のことがわかってなくて、一人称とか三人称とか、今ならスルーしてしまう問題なんだけど、何かできないかなというところから始めました。

古屋　だけど、あの小説が持つ情感とうまくマッチしていますよね。死体なのに「わたし」っていう、あれがまた衝撃だったじゃないですか。

乙一　あれはてっきり怒られると思っていました(笑)。古屋さんの「笑顔でさようなら」(『Garden』イースト・プレス刊行に収録)というフランシス・ベーコンの絵柄で描かれた漫画、あれも僕は好きでしたね。

古屋　ベーコンを漫画にするとしたらどんな内容なんだろうと思って、あれは絶対絶叫しているんだろうなと。しかも、ものすごい苦痛で絶叫していますから、ああなのかなと。

乙一　静かに展開していって、最後、ものすごい狂気があふれるじゃないですか。あの直前の、「うらんでやる」みたいなセリフのあたりで、もう電流が走るぐらい背筋にぞくぞくと来て。絵とストーリーでこんなことができるんだと思いましたね。

古屋　あれは絵とストーリーでしかできないですね。逆に乙一さんの「失はれる物語」（角川書店）は絶対に漫画じゃ描けない。言葉でしか書けない。映像化は不可能じゃないですか。ずーっと真っ暗ですよ、あれ。しかも、手に当たる指の感触なんていうのは、絶対に映像化できない。読んで想像するしかないんだな。

乙一　漫画であれ、小説であれ、その分野でしか書けないものがありますよね。

萌えのツボ

乙一　「陽だまりの詩《シ》」では今回、モーションキャプチャーを使われたそうですが、人物の動きがすごくリアルでよかったです。

古屋　鈴木かすみさんという、十五、六歳の女の子が主人公を、役者の龍坐さんが男のほうを演じてくれたんです。ひじとか手首、肩、頭とかにモーションキャプチャーの機械をとりつけて、絵コンテどおりに。そうするとね、主人公が首をかしげるだけの絵コンテも、生の女の子が演じると、ちょっと違うリズムでかしげる。そのかしげ方というのが僕の想像を超えるわけですよ。生身の動きなんです。
あと、鏡に向かって髪をといているシーン。僕は、単純に、外側から髪をとくような、そういう想像しかしなかったんですけども、実際に女の子が演じると、こう外側をといた後に内側から巻くんですね。その巻いているしぐさとかが、見た瞬間にグッと来たんですよ。ちょっと嫌な言葉で言うと「萌え」っていうんですか（笑）。

乙一　「萌え」ですね（笑）。

古屋　だから、僕、最初、試写を見て、あっ、「萌え」ってこういう気持ちかもって思いました。あと今回、主人公の表情を全部、女性スタッフがつけたんです。ですから、男が観念的に考えた絵コンテを覆《くつがえ》すところが結構あったんですね。女の子はこういうときにこういう表情をするのかとか、軽く裏切られるんですよ。だけど、見ていると、それがいいなあって。

乙一　いいなあっていう方向に（笑）。

古屋　僕が原画を描いて、アニメーターがアニメーションをつくってでき上がったものだと、僕の頭の中にある女の子は何も裏切らない。だけど、それは男の考えるしぐさだから、おもしろくないですよね。ところが、今回は裏切られた。その生な感じがよかったですね。

乙一　モーションキャプチャーといっても、精度にはいろいろレベルがあるとか。

古屋　そうそう。今回は予算が限られていたので精度が低めなものを使ったんです。

乙一　それがかえってよかったかもしれないですね。何ていうか、動き方が直線じゃなくて、でも、あんまり滑らか過ぎもしない、絶妙な。

古屋　いいモーションキャプチャーは、指の関節の一本一本が動かせるんですよ。ハリウッドとかで使っているのはそういうレベルのもので、全部役者に演じさせて、それがそのまま動くの、CGで。

乙一　それもちょっと……。

古屋　今回は、指の動きとかは後からアニメーターがつけていった。でも、そのほうがやっぱりいいと思うんですよね。

乙一　本物じゃないんだけど、妙なロボット感というか、アンドロイドの持っている違和感みたいなものが出ていましたよね。

古屋　それはありますね。今回、あの手法とロボットというテーマがうまくいったというのもあるし、乙一さんの持っている世界観が、僕はもうほんとにぐっと来た。というか、すべてのことが、もう自画自賛しちゃいますけど、うまくいったと思うんですよね。

乙一　いろいろ、ぴったりはまった気がしますよね。あと、細かいシーンですが、主人公が菜園の野菜を食い荒らすウサギを取り逃がして、「また〜」と言うところが好きですね。

古屋　あそこはいいんですよ。あそこも、すっごい裏切られたシーンですね。

乙一　僕も、何だろう、こんなシーン書いたっけ？　みたいな気持ちでいましたね。

古屋　僕もそうですよ。絵コンテでは「あっ、また」って言っているだけなんです。それが、「また〜」。「あ〜っ萌え〜」みたいな（笑）。

乙一　いやあ、いいですよ。

古屋　多分、乙一さんと僕、似ているんですよ。萌えのツボが（笑）。

乙一　そんな気がしてきました。

深夜ラジオに救われた日々

古屋　最初にお会いしたとき、乙一さんも伊集院光のラジオ（※ＴＢＳラジオ「伊集院光　深夜の馬鹿力」のこと　放送日時：毎週月曜日25時〜27時）を愛聴していることが判明して。なんかもうそこだけでわかっちゃうところがある、通じちゃうものがあるわけですよ。

乙一　僕も古屋さんが伊集院ファンだって聞いて、あれはうれしかったですね。

古屋　乙一さんのデビューは十七歳でしたっけ。ラジオはそのころから？

乙一　そのころからですね。

古屋　乙一さんが高校生のときにあれを聴けたというのは、人生を変えたぐらいの出来事ですよ。そのくらい影響力がある。乙一さんの小説を読んで、漫画の影響を指摘する人は多いと思うんですけど、僕は、〝伊集院〟だと思ったんです。

乙一　僕もそれは思うんですよ。だから、いろんなインタビューでラジオのことを話して、多分、伊集院さんの影響を一番受けていますみたいな話をよくするんですけど、あんまり納得してもらえない。

古屋　やっぱ、あれを聴いてないと納得できないでしょう。みんな、「ああ、深夜ラジオね」ぐらいの感じじゃないですか。だけど、伊集院のラジオは、深夜ラジオという枠じゃなくて、もう大きな表現の一分野として確立している。僕は乙一さんの小説を読んでいると、自分の昔のことを思い出すんです。そこが伊集院のラジオとの共通点。

だから、乙一さんの小説、例えば、『AMASKED BALL —及びトイレのタバコさんの出現と消失—』（『天帝妖狐』集英社文庫に収録）とか読んでいると、こういうことあったなあと思うんですよ。僕もそういう経験が二回あって、昔はインターネットがなかったけど、トイレが掲示板になっていた。八王子の某K書店の三階男子トイレに一時間ぐらいしゃがみながら、渾身の力を込めて、やらしい絵をかくんですよ。そうするとその下にどんどんレスがつく。「グッときました」、「名前は何ていうんですか？」とか、「これで僕抜いちゃいました」とか。けど、次の日にはもう消されている。それでまた、次の週にかくんです。すると「あっ、またたうれしいです」。そういう感じで、ほんとに一年近くやりとりしていたんですよ、名も知れぬ、もういろんな人と（笑）。

乙一　それはいいですよ。それは絶対いい（笑）。

古屋　もう一つは中学校のとき。音楽教室の机の上に僕が「誰々さんかわいい」とか書くんです。そうすると、ほかのクラスの子が、「おれは何とかさんが好きだ」とか書き足して。たまに矢印がしてあって、「ブス。どこがいいんだ」とか書いてある。それに対して、「そういうことを言うのはどうかと思うぞ」みたいな、もうすごいんですよ、レスが。

乙一　ほんとにネットの掲示板と同じですね。

古屋　そこで、名も知らぬ人がけんかしたり、告白し合ったり。そういう経験があって、乙一さんの小説を読むと、すっごくわーっとくる。

あと、伊集院のラジオに投稿できる自虐ネタって、だれもが持っていると思うんですよ。僕も、これまで人に言ってこなかったけど、小学校の池で飼われていた鯉にパンをあげてたんですよ。自分の給食のパンをとっておいて。で、ある日、マーガリンを持っていたんで、パンに塗ってあげたんです。そうしたら、次の日、全部浮いていたんですね、鯉が。

乙一　それはしょっぱい（笑）。

古屋　それをもうずっと気にして生きてきて。だけど、もしその当時、伊集院のラジオを聴いていたら、「それでいいんです」って言ってもらえたと思うんですよ、こんな自分を。でも、言ってくれる人がいなかったから傷として抱えていたし、それを表現に昇華するなんてことは考えられなかった。だから、乙一さんが、うらやましいなって。

乙一　僕もあのラジオを聴いていなかったらどうなっていたことかと思います。一週間に二時間、必ず聴いていたっていうことは、合計すると何百時間にもなるんですよ。一冊の本を読んでも、ほんの数時間だと思うんですけど。長期間にわたってその時間が生活の一部に組み込まれて、すごいですね。

古屋　体の一部になるわけですよね。

乙一　本当にそうですね。子供のころの懊悩《おうのう》、たとえば友達がいないこととかを作品にしてしまう。そうやってトラウマをネタにするっていうアイデアというか、価値の転換は、あのラジオが無ければできなかった。

古屋　何か、救済されるんですよね。

乙一　救済されました。

古屋　これ、うまく口で説明できないところがありますね。伊集院のラジオのどこがおもしろいかっていうのを。多分、三時間分とか五時間分とかまとめて聴けばわかるとは思うんですけど。うまく説明できない。

乙一　そうなんです。

古屋　伊集院がいいのは、もう彼は結婚していますけども、「俺たちブサイク童貞軍」みたいなスタンスなんですよ。童貞の妄想力バンザイぐらいのことを堂々と言っていて、モテなくて当たり前みたいな。

乙一　すごい価値の転換ですよね。

古屋　そう。モテなくて当たり前だし、やれなくて当たり前だしということをちゃんと言ってくれる。少年心に、ああ、こんな自分も肯定してくれる人がいるんだ、だめ人間でオーケーなんだという価値を与えてくれるんですよ。だめ人間でもいいんだとか、いい人間だからだめ人間なんだみたいな。全然、説教くさいことは言わないで、それを笑いとして表現してくれる。

乙一　あれが聴きたくて、むかしは一週間に一度、夜遅くまで起きていたんですよね。当時、うちにはタイマーで録音できる機械がなくて、学校から帰ってきたらその日は早目に寝て夜中に起きる。家族と夕飯を一緒にとらない、それこそだめな生活を送ってました（笑）。

古屋　だから、乙一さんの作品には、伊集院の番組を聴いているみたいな感覚、昔の自分を思い出すようなところがあるんです。そういうところが、やっぱり読者がぐっとくるところなのかなと思いますね。

乙一　最近、あのラジオを聴いていると、こういう感覚をなくしちゃいけないなと思うんです。僕は今、小説を書いたり、それが映画化されたりしているんですけど、だめな自分、だめだったころのことをしっかりと踏まえておこうという気持ちになりますね。

古屋　さっきも言いましたが、乙一さんは絶対にＳＦが向いているから、ぜひまた書いてくださいよ。

乙一　「陽だまりの詩《シ》」の時は、ロボット工学的な知識とかなくても、ロボットの話が書けるんだなあっていうのが発見だったので、いつか、何かやってみたいですね。

古屋　単純にファンとして、読んでみたいです。あれは完全にSFで、ロボットや動物しか出てこないのに、人間の持っている感情とか情感を描けているでしょ。これはいいなと思いました。そのあたりが乙一さんの力だと思うんです。そういう力とか、ハッとさせるトリックであるとかが、完全な虚構だと遺憾なく、迷いなく発揮できるのかなと思うんです。

乙一　僕はやっぱり、「陽だまりの詩《シ》」のノーカット完全版を観たいですよ。あと、オリジナルのアニメ映画も、また水崎監督と組んで作っていただきたいです。

古屋　やってみたいですね。

乙一　それはもう、ぜひ。

古屋　あと、いつか、乙一さんに原作を書いてもらって、それを僕がまた、今回のような形で水崎監督と組んで映像化してみたいですね。これからは、何か新しいことに挑戦してみたいんですよね。今回の仕事は、そういう意味でもとても刺激があって面白かったです。ぜひまた一緒におもしろいことをやりましょう。

乙一　ぜひぜひ。

（二〇〇五年一月）

古屋兎丸（ふるや・うさまる）

一九六八年生まれ。九四年、月刊『ガロ』にて「Palepoli」でデビュー。著書に『Palepoli』、『Marie の奏でる音楽』（上・下）、『Garden』、『鈍器降臨』、『π』『ハピネス』『ライチ☆光クラブ』など多数。

「小説すばる」誌上にて乙一氏との合作『少年少女漂流記』も手がける。

映画『ZOO』

二〇〇五年三月公開

制作・配給　東映ビデオ株式会社

五編のオムニバス形式で、各作品の監督は以下の通り。

「カザリとヨーコ」　金田龍

「SEVEN ROOMS」　安達正軌

「SO-far そ・ふぁー」　小宮雅哲

「陽だまりの詩《シ》」　水崎淳平

「ZOO」　安藤尋

初出

カザリとヨーコ　「小説すばる」一九九八年一二月号

SEVEN ROOMS　『ミステリ・アンソロジーⅡ　殺人鬼の放課後』（角川スニーカー文庫）
二〇〇二年二月刊

SO-far　そ・ふぁー　「小説すばる」二〇〇一年七月号

陽だまりの詩《シ》　「小説すばる」二〇〇二年六月号

ZOO　異形コレクション『キネマ・キネマ』井上雅彦監修（光文社文庫）
二〇〇二年九月刊

この作品は二〇〇三年六月、集英社より刊行されました。
文庫化にあたって1、2に分冊し、特別付録を加える等の再編集をいたしました。

乙一の本

夏と花火と私の死体

九歳の夏休み、わたしは殺されてしまったのです……。少女の死体をめぐる、幼い兄妹の悪夢のような四日間。斬新な語り口でホラー界を驚愕させた、天才・乙一のデビュー作。

集英社文庫

乙一の本

天帝妖狐

行き倒れそうになっていた謎の男・夜木。彼は顔中に包帯を巻き、素顔を決して見せなかった。やがて、夜木を凶暴な事件が襲い……。「乙一恐るべし」と世にいわしめた第二作品集。

集英社文庫

乙一の本

平面いぬ。

集英社文庫

わたしは腕に犬を飼っている——。ひょんなことから居着いてしまった「平面いぬ」ポッキーと少女の不思議な生活。表題作はじめ、乙一の魅力が詰まった四編を収めるファンタジー・ホラー傑作集。

乙一の本

暗黒童話

事故で記憶と左眼を失ってしまった「私」。移植によって提供された眼球が、やがてある映像を再生し始めて……。死者の眼球が呼び覚ます悪夢の記憶とは？　鬼才・乙一の初の長編ホラー小説。

集英社文庫

集英社文庫

Z《ズ》O《ー》O 1

2006年5月25日　第1刷
2006年7月10日　第4刷

定価はカバーに表示してあります。

著者　乙《おつ》　一《いち》

発行者　加藤　潤

発行所　株式会社　集英社
東京都千代田区一ツ橋2—5—10
〒101-8050
(3230) 6095（編　集）
電話　03 (3230) 6393（販　売）
(3230) 6080（読者係）

印刷　凸版印刷株式会社

製本　凸版印刷株式会社

Printed in Japan

ISBN4-08-746037-1 C0193